Cómo casarse con un millonario

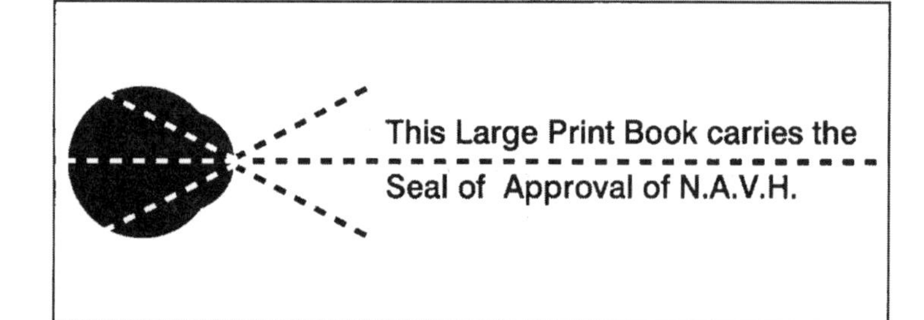
This Large Print Book carries the
Seal of Approval of N.A.V.H.

Cómo casarse con un millonario

$ $ $

Ally Blake

Thorndike Press • Waterville, Maine

Título original: How to Marry a Billionaire

Published in 2005 by arrangement with Harlequin Books S.A.
Publicado en 2005 en cooperación con Harlequin Books S.A.

Thorndike Press® Large Print Spanish.
Thorndike Press® La Impresión grande española.

The text of this Large Print edition is unabridged.
El texto de ésta edición de La Impresión Grande está inabreviado.

Other aspects of the book may vary from the original edition.
Otros aspectros de éste libro podrían variar de la edición original.

Set in 16 pt. Plantin.
Impreso en 16 pt. Plantin.

Printed in the United States on permanent paper.
Impreso en los Estados Unidos en papel permanente.

Library of Congress Cataloging-in-Publication Data

Blake, Ally.
[How to marry a billionaire. Spanish]
Cómo casarse con un millonario / by Ally Blake.
p. cm. — (Thorndike Press large print Spanish)
"Título original: How to marry a billionaire" —
T.p. verso.
ISBN 0-7862-7995-8 (lg. print : hc : alk. paper)
1. Billionaires — Fiction. 2. Large type books. I. Title.
II. Series: Thorndike Press large print Spanish series.
PS3602.L339H6918 2005
813′.6—dc22 2005016835

Cómo casarse con un millonario

Capítulo uno

NUNCA había visto unos tan bonitos —dijo Cara mirando el escaparate de la zapatería de la calle Chapel.

—Tienes que comprártelos —insistió Gracie.

—Son un capricho, realmente no los necesito.

—No seas tonta y cómpratelos.

—Son un diseño de Kate Madden —señaló Cara.

—¿Y?

—Pues que cuestan más de lo que mi padre ganaba en una semana.

—Es la excusa más estúpida que he oído nunca, incluso viniendo de ti, la persona más ahorradora que conozco. Pero, ¿se puede saber cuánto ganas tú a la semana? —preguntó Gracie con sorna.

—Más que mi padre.

—Pues no hablemos más —dijo Gracie tomando del brazo a Cara—. Te los vas a comprar. Se acabó eso de comprar la ropa en los mercadillos y en las rebajas. Si quieres trabajar en televisión tienes que cuidar tu imagen. Necesitas causar una buena impresión y esos zapatos te van a ayudar a conseguirlo.

Cara miró una vez más los zapatos del escaparate. Eran rojos, forrados de satén y con unos tacones tan altos y finos que podrían ser utilizados como arma en caso de necesidad. Eran muy elegantes.

Cara sacudió la cabeza. Lo más importante para ella en aquel momento era conseguir el trabajo. En un par de meses cumpliría veintisiete años y si para entonces quería terminar de pagar la hipoteca de su apartamento lo único que podía hacer, aparte de ganar la lotería, era conseguir el puesto. Y estaba convencida de que lo lograría. Aquel apartamento sería suyo muy pronto.

Gracie tenía razón. En el mundo en el que iba a moverse a partir de ahora, no podía seguir buscando ropa a precios de ganga. Si quería conseguir ese trabajo tan bien pagado como estilista en el nuevo programa de la televisión australiana, tenía que causar la mejor de las impresiones.

—Estás bromeando, ¿verdad? —dijo Adam sorprendido.

—No. Voy a ser la estrella de mi propio programa de televisión —contestó Chris con una amplia sonrisa. Adam se dio cuenta de que hablaba en serio. Su amigo y socio era un genio de la televisión y nunca bromeaba—. He firmado el contrato esta mañana.

Adam se puso de pie y comenzó a pasear por la habitación.

—Me habría gustado saber antes lo que pensabas hacer. Tenías que habérmelo consultado primero.

—No tenía por qué hacerlo.

Adam se detuvo y miró a su amigo.

—Tú fuiste el que decidió que fuera yo el que se encargara de las relaciones públicas de la compañía y por eso, si estabas planeando hacer algo que pudiera afectar la imagen de *Revolution Wireless* tenías que haberme consultado primero.

—Esto no tiene nada que ver con la compañía —dijo Chris—, ni con tu puesto de director de márketing de *Revolution Wireless*. Tan sólo quería que como amigo mío lo supieras.

—Bien. Pues deja que te diga que es la cosa más ridícula que he oído nunca. ¿Un concurso de televisión para encontrar pareja? ¡Vamos, hombre! Si lo que necesitas es encontrar una chica, podemos salir ahí fuera y encontrar una. Hay muchas mujeres que estarían encantadas de salir con uno de los solteros más ricos de Australia. Puedo encontrarte una ahora mismo en cualquier calle —dijo Adam tomando del brazo a su amigo.

—Pero yo no quiero acabar con la primera chica que encuentre en la calle.

Era evidente que Chris se estaba enfadando, así que Adam trató de calmar las cosas.

—Eso no es a lo que me refería y tú lo sabes.

—Quiero una mujer a mi lado que me comprenda —explicó Chris—. Quiero una esposa, no una de tus amiguitas. Las mujeres con las que sales son la antítesis de lo que un hombre en su sano juicio desearía como esposa, exceptuando a tu padre. Si quieres que hablemos de relaciones, podemos empezar por las tuyas.

Adam ignoró aquel comentario.

—Lo que digo es que puedes tener cualquier mujer que desees. Por cierto, ¿por qué nos hemos puesto tan serios?

Chris se encogió de hombros.

—Creo que ha llegado la hora de sentar la cabeza. Los años pasan sin darnos cuenta y ya voy a cumplir treinta y cinco años.

—Yo ya los tengo —dijo Adam enarcando las cejas—. Por lo que me estás diciendo, cualquiera pensaría que tu vida se está acabando. Todavía somos jóvenes y tenemos mucha vida por delante.

—Eso es precisamente a lo que me refiero. Quiero disfrutar de lo que me queda de juventud con alguien a mi lado.

Adam se estaba quedando sin argumentos y le estaba empezando a fastidiar ver a Chris tan seguro de lo que quería. Su amigo, que siempre había estado pegado a la pantalla del ordenador preocupado por sacar adelante su empresa, estaba empezando a descubrir que había otro mundo más allá de *Revolution Wireless*, la empresa de telecomunicaciones de la que eran socios. Estaba muy preocupado por él; no quería que una mujer desalmada se aprovechara de la inocencia y buen corazón de su amigo.

—Está bien —dijo Adam—. Explícame por qué quieres ir a un concurso de televisión para encontrar esposa.

—Porque es la única manera de conocer mujeres sin que sepan quién soy.

Adam sacudió la cabeza.

—¿Qué estás diciendo?

—Los productores han trabajado mucho seleccionando treinta mujeres de toda Australia atractivas e interesantes a las que han sometido a numerosas pruebas y no saben que yo soy uno de los dueños de *Revolution Wireless*. Me conocerán cómo soy y no por ser uno de los australianos más ricos.

Adam sabía a lo que se refería. Ambos eran dueños de *Revolution Wireless*, la empresa de telecomunicaciones más importante de Australia y estaban acostumbrados a que las mujeres de su círculo social lo supieran todo sobre ellos, incluyendo su patrimonio. Recordó los comentarios que Chris había hecho unos minutos antes. Y qué si a él le gustaba salir con mujeres sin mantener una relación seria con ellas. Así no cometería el mismo error que su padre. Tampoco estaba dispuesto a permitir que su amigo acabara enamorándose de la primera tonta que se pusiera en su camino, especialmente si el que la elegía era un ejecutivo de televisión preocupado por mejorar los índices de audiencia.

—Me voy a los estudios. ¿Me acompañas? Me vendría bien un poco de apoyo moral —dijo Chris poniéndose la chaqueta.

—Está bien, te acompaño. Sólo si me dejas seguir intentando sacarte esa idea de participar en el concurso.

—De acuerdo, pero no permitiré que entres en la reunión. Eres más guapo que yo y si te ven, se olvidarán de mí.

—No te preocupes. No se me ocurriría quitarte el puesto en ese programa por nada del mundo.

Cara volvió a retocarse el carmín por tercera vez desde que había tomado el taxi. Llevaba su corta y rizada melena peinada hacia atrás y el rostro suavemente maquillado. Se había puesto un vestido negro de lana y los zapatos de satén rojo que tanto dinero le habían costado. Si conseguía el trabajo, la inversión habría merecido la pena. Ése era su objetivo y tenía que hacer todo lo posible por lograrlo.

Guardó el espejo en el bolso y apretó los labios una vez más. Entonces, se dio cuenta de que el taxista la observaba por el retrovisor y le sonrió.

—¿Una cita importante?

—Sí, una entrevista de trabajo —contestó Cara.

—¿En televisión? ¿De qué clase de trabajo se trata? ¿Presentadora?

—No. Espero conseguir trabajo en uno de esos concursos para encontrar pareja. Es nuevo y ni siquiera sé el nombre todavía.

—¿De veras? —dijo el taxista frenando en seco, haciendo que Cara se inclinara hacia delante—. ¿Va a ser una de esas chicas en biquini?

—Por supuesto que no. Mi puesto estaría detrás de las cámaras como estilista del programa.

—¡Ah! —dijo sin mucho entusiasmo el conductor. Obviamente, lo atraían más los biquinis.

Llegaron al viejo edificio de hormigón que

albergaba los estudios y el taxi se detuvo. Cara salió del coche y pagó el importe del recorrido al taxista a través de la ventanilla. Echó los hombros hacia atrás, tomó aire y se dirigió hacia el interior.

Adam estaba sentado en una sala de la última planta del edificio, haciendo crujir los nudillos de sus manos. Podía haberse quedado a esperar en el coche o dando un paseo por la calle. Pero no lo había hecho. Quería estar lo más cerca posible de Chris y éste estaba en una reunión a puerta cerrada en un despacho cercano. Llevaba ya más de una hora esperando y lo único que quería era salir de allí, llevándose por supuesto a Chris con él. Si existía la más pequeña posibilidad de que Chris cambiara de opinión, quería estar a su lado para devolverle a su mundo de tecnologías innovadoras y cotizaciones de bolsa. Así que había decidido esperar paciente a que su amigo terminara la reunión.

Cara contempló su reflejo en las puertas del ascensor. Se atusó el pelo y comprobó que sus mechas color caramelo destacaban en su melena morena y rizada, proporcionándole un toque de sofisticación. Aseguró la flor roja que sujetaba su pelo hacia atrás para evitar que se cayera.

Sus amigas decían que siempre estaba perfecta porque se preocupaba de todos los detalles de su aspecto por mínimos que fueran. Se miró los zapatos. Tenía que concentrarse en caminar muy derecha para evitar caerse de aquellos tacones tan altos y finos.

El ascensor se detuvo en el último piso y Cara sintió un nudo en el estómago. Cerró los ojos y deseó que aquel trabajo fuera suyo. Se abrieron las puertas y salió caminado con paso firme.

Adam se giró al oír el ascensor y vio salir a una mujer que caminaba erguida como una bailarina, como si llevara un libro sobre su cabeza. Se quedó fijamente observándola y se recostó en el sofá donde estaba sentado.

La mujer se detuvo frente al directorio, inclinándose ligeramente para leerlo. Una vez segura de que había llegado a la planta correcta, continuó caminando en su dirección.

Sólo cuando la tuvo cerca, Adam pudo percatarse de que estaba nerviosa. Tragaba saliva de continuo mientras miraba a su alrededor y sujetaba su portafolios con fuerza. Finalmente, sus miradas se encontraron. Ella esbozó una media sonrisa con sus carnosos labios.

—Disculpe —dijo con una sensual voz femenina—. ¿Sabe si es aquí donde hay que esperar a los de...? —hizo una pausa antes de continuar—. Ni siquiera sé cómo se llama el programa. Es ese nuevo concurso de citas.

Cara se quedó mirándolo con sus felinos ojos verdes en espera de una respuesta.

—Ha dado con el lugar correcto —contestó él.

—¡Gracias a Dios! —exclamó Cara llevándose la mano al pecho—. Me ha costado llegar hasta aquí. No sabía dónde tenía que ir y nadie en el edificio ha podido ayudarme. Desde luego que si el nuevo programa era un secreto con la cantidad de preguntas que he hecho ya lo debe saber todo el mundo.

Se sentó en el sofá frente a él, sujetando el portafolios sobre su regazo. —¿Ha venido a una entrevista? —Sí y no sabe lo nerviosa que estoy. Nunca había hecho nada como esto.

El comentario despertó la curiosidad de Adam. Podía ser una de las participantes en el concurso. Y lo primero que se le vino a la cabeza era que Chris era un tipo con suerte. Adam se agitó en su asiento, incómodo ante la presencia de aquella mujer fascinante.

De repente, recordó que ninguna de las participantes podía conocer al hombre que sería su cita antes del programa. No debían saber nada de él y menos aún de su amigo

Chris que era, además de una gran persona, un millonario.

Lo más curioso era que aquella chica también parecía muy agradable. Tenía una intensa mirada felina y una boca que incitaba a ser besada.

Adam sacudió su cabeza en un intento de alejar sus pensamientos. ¿Qué importaba que fuera atractiva? Estaba allí para velar que nada ni nadie hiciera daño a su amigo.

Chris era demasiado inocente para saber lo que le convenía y allí estaba él para guiarlo. Le debía mucho y era lo menos que podía hacer por él.

La puerta que conducía a los despachos se abrió y apareció un joven ejecutivo de aspecto desaliñado.

—¿Cara Marlowe?

La mujer se puso de pie.

—Soy yo.

—Ven por aquí —dijo el joven con una amable sonrisa.

—Deséeme suerte —susurró mirando a Adam.

Aquello podía significar que dentro de unos días la atractiva mujer que ahora tenía frente a él, fuera la elegida como pareja de su mejor amigo.

—¡A por ellos! —fue todo lo que pudo decir.

Cara siguió al joven llamado Jeff a través de varios pasillos del último piso del edificio donde se ubicaban los estudios de la emisora de televisión.

—Siéntate —dijo y Cara obedeció—. ¿Quieres un café?

—No, gracias —dijo. Si tomaba cafeína le sería imposible controlar su nerviosismo.

—Yo necesito tomar uno —dijo Jeff tomando una taza—. Enseguida vuelvo.

Cara se sentó erguida en una silla mientras esperaba a que regresara. Miró sus relucientes zapatos rojos. Estaba segura de que Jeff todavía no había reparado en ellos.

Pero el hombre de la sala de espera sí que los había visto. Por el modo en que la había observado era evidente que se había fijado en cada centímetro de su cuerpo. Había tenido que desviar su mirada para mantenerse derecha sobre aquellos tacones. Era un hombre muy atractivo, capaz de hacer que las rodillas de cualquier mujer se pusieran a temblar.

Tenía el pelo oscuro y ondulado y los ojos de un color azul intenso. Era corpulento y tenía manos fuertes. Se preguntó qué motivo tendría para estar en aquella sala de espera y su relación con el nuevo programa.

Quizá fuera el soltero protagonista del concurso. ¿Sería a él al que tendría que vestir? Se lo imaginó con un traje impecable, zapatos italianos y un estiloso corte de pelo. Si era él el concursante, su trabajo iba a ser fácil. Lo único que tendría que hacer sería asegurarse de que su corbata estuviera bien anudada y el pelo en su sitio antes de que se pusiera delante de las cámaras.

El simple hecho de imaginarse cerca de él, la hizo ruborizarse. Se enderezó en su asiento y sonrió.

¿Qué razón tendría un hombre como aquél para acudir a un concurso de citas? Era muy guapo y tenía unos profundos ojos azules muy sugerentes, capaces de enamorar a cualquiera.

De pronto, Cara volvió de sus pensamientos y se percató de que estaba ante la entrevista de trabajo más importante de su vida. Tenía que concentrarse en eso y no en la mirada de un completo desconocido. Miró una vez más sus brillantes zapatos rojos. Tenía cosas más importantes en las que pensar que en el encuentro casual que había tenido con aquel hombre, por muy atractivo que éste fuera. A quien tenía que impresionar era a Jeff.

Cruzó una pierna sobre otra y comprobó que sus zapatos quedaban ocultos. No había oído a Jeff volver y justo en el momento en que cambiaba de postura con un movimiento brusco, golpeó con su pierna derecha la parte superior del muslo del joven ejecutivo. La taza de café que llevaba entre las manos voló por el aire y su contenido se derramó sobre su escritorio. El quejido que dejó escapar Jeff le hizo darse cuenta de que le había hecho mucho daño y Cara se puso de pie de un salto.

—Jeff, lo siento. Siéntate, por favor. ¿Estás bien? —preguntó preocupada sin saber qué hacer. Su futuro financiero dependía de aquel joven que se había llevado las manos a la entrepierna—. ¿Te he hecho mucho daño? ¿Hay algo que pueda hacer?

Jeff aspiró hondo antes de contestar.

—¿Cuándo puedes empezar? —dijo con voz entrecortada.

—¿Empezar el qué? —preguntó Cara preocupada con el sentido que Jeff podía haber dado a su ofrecimiento de ayuda.

—El trabajo.

—¿He conseguido el trabajo? —dijo Cara sin salir de su asombro.

—Sí —contestó Jeff recuperando el aliento.

—¿No quieres ver mis referencias? —dijo señalando su portafolios.

—No hace falta. Conocemos tu trabajo y tus recomendaciones son buenas. Maya Rampling de la revista *Fresh* te define como un regalo del cielo y su ayuda nos va a venir bien para promocionar el programa. ¿Qué me dices? ¿Todavía quieres trabajar con nosotros?

—Por supuesto —dijo Cara tratando de no perder el equilibrio.

El joven la miró con una cálida sonrisa y bajó la mirada.

—Esos zapatos que llevas son impresionantes. No me quiero imaginar lo que me hubieras hecho con ellos si no te damos el trabajo.

Capítulo dos

ADAM Tyler, ¿no es así?

Adam se giró y se encontró con la mujer que había visto media hora antes. Se quedó mirándola sorprendido mientras pensaba qué decir. Aquella mujer que antes estaba tan nerviosa ahora se veía relajada y sonriente. Y esas cualidades en el sexo opuesto, siempre le habían gustado.

—Así es —respondió con indiferencia.

—Bueno, mire, he conseguido el trabajo —dijo Cara haciendo una pequeña inclinación con la cabeza antes de continuar—. Me han dicho que usted es el hombre que tengo que ver.

—¿Perdón? —Para que me hable del concursante —respondió Cara.

Adam se puso de pie con las manos cruzadas en la espalda y la contempló a la espera de que siguiera hablando. Ella lo miraba con ojos penetrantes y despiertos.

—¿Usted es el director de márketing de *Revolution Wireless*?

Adam la miró detenidamente tratando de adivinar su reacción. Era una mujer inteligente que se daría cuenta enseguida de que

Chris, además de ser el *concursante, era millonario y accionista de Revolu*tion Wireless.

De pronto recordó que nadie debía saber nada sobre Chris. El plan era que pasara desapercibido, que lo único que se supiera de él fuera que era un hombre libre en busca de una mujer. Pero en aquel momento, todo parecía estarse echando a perder y eso era precisamente lo que Adam quería.

Cara lo miró. Era evidente que se acababa de dar cuenta de todo.

—Chris Geyer. El nombre me resultaba familiar y ahora sé por qué. Él es uno de sus socios, ¿verdad? —dijo Cara y se quedó a la espera de obtener una respuesta.

Pero Adam no dijo nada. Estaba pensando en que iba a ser más fácil de lo que había imaginado lograr que Chris no estuviera en ese concurso. Quizá aquella mujer lo echara todo a perder.

—Pensé que el *El soltero millonario* era tan sólo un reclamo publicitario y no el nombre del programa.

Adam suspiró. Si aquél iba a ser el nombre del programa, Chris estaba perdido. Pero en lugar de mostrar inquietud, miró a la mujer que tenía frente a él en espera de ver un brillo de satisfacción en sus ojos al saber que el concursante era todo un millonario. Sin embargo, no fue así.

En lugar de encontrar una atractiva sonrisa en sus labios, vio que lo miraba con las cejas enarcadas, como si sintiera lástima por él y eso lo sorprendió. Sintió que la tensión iba en aumento, pero se quedó a la espera de que fuera ella la que rompiera el silencio.

Tras unos instantes de desconcierto, ella le sonrió pero no con la calidez que había mostrado antes, cuando se habían visto por primera vez en la sala de espera.

—Bueno, no importa —dijo ella por fin en tono frío—. Por cierto, me han dicho que hay un pequeño restaurante a la vuelta de la esquina y estaba pensando que sería buena idea que comiéramos juntos.

—No creo que eso forme parte de las reglas del concurso.

Aquella respuesta sorprendió a Cara. Pero de repente se dio cuenta de que Adam había sacado una conclusión errónea.

—No soy una de las concursantes. Lo último que querría sería tener a un solitario y desesperado millonario a mi lado. Por cierto que es la segunda vez hoy que alguien piensa que voy a participar en el dichoso concurso. ¿Por qué todo el mundo me imagina con biquini y en jacuzzis? —dijo.

Él le dirigió una furtiva mirada imaginándose la escena. La ropa que llevaba puesta revelaba las delicadas curvas de su cuerpo y aquellos zapatos rojos, que la hacían caminar con tanta sensualidad, había hecho que su mente la imaginara en biquini. Si no era una de las candidatas para Chris, ¿quién era aquella atractiva mujer?

Ella se acercó al sofá y se sentó, haciéndole un gesto para que se sentara a su lado. Intrigado por saber más de ella, obedeció y se sentó. Cruzó las piernas y estiró los brazos sobre el respaldo del sofá.

—Tenía que haberme presentado primero —dijo Cara alargando su mano—. Soy Cara Marlowe.

Él estrechó su mano lentamente, disfrutando del contacto con su piel en espera de que fuera ella la que hablara. Aquélla era una táctica que siempre le había gustado. La mayoría de la gente encontraba incómodos los silencios y eso les hacía hablar más de la cuenta.

—Voy a ser la estilista de Chris durante el tiempo que dure el programa —añadió ella—. Yo seré la encargada de vestirlo.

—¿De vestirlo?

—Me refiero a elegir su ropa —explicó poniendo una mano sobre la rodilla de Adam y bajando la voz en tono confidente—. Si tuviera literalmente que vestirlo, habría pedido más dinero por hacer este trabajo.

Adam miró la mano que Cara había dejado apoyada sobre su pierna.

—Lo siento —dijo ella retirándola—. Es que estoy realmente emocionada. Primero consigo este trabajo tan increíble y ahora conozco a todo un famoso hombre de negocios que ha recibido la distinción de «el empresario australiano del año». Me gustaría que me contara más sobre usted. Uy, ya lo estoy haciendo otra vez. Me estoy tomando toda clase de libertades con un completo desconocido. Tengo tendencia a hablar sin parar cuando se me dispara la adrenalina.

Adam se quedó impresionado. ¿También sabía que había recibido aquella distinción? Aquello parecía impresionarla más que el hecho de tener una abultada cuenta bancaria. Esa mujer era una caja de sorpresas, que además de tener una cabeza bien amueblada sobre los hombros y un rostro atractivo, hablaba con entusiasmo del trabajo que acababa de conseguir.

Independientemente de la mujer con la que Chris acabara emparejado en el concurso, al menos tendría a aquella mujer interesante alrededor de él con la que relacionarse.

—Como van a tener a tu amigo entretenido un par de horas más —continuó Cara—, ¿qué te parece si salimos de aquí y vamos a comer algo?

La propuesta le sonó bien. Si tenía que

esperar a Chris dos horas más en aquella habitación, iba a acabar explotando aunque fuera en compañía de una mujer tan interesante. Una sonrisa maliciosa asomó a sus labios. Esa mujer iba a ser la estilista de Chris. Imágenes de su amigo con extraños atuendos inundaron su mente. Quizá iba a ser más fácil convencer a su amigo para que dejara el concurso.

—Creo que el destino nos ha unido para que comamos juntos —contestó misterioso.

—¡Perfecto!

Adam se puso en pie y le ofreció su brazo.

—Muy bien, señorita Marlowe, ¿nos vamos?

—Por favor, llámame Cara —respondió sonriente poniéndose de pie y tomándolo del brazo.

Aquella sensual y femenina sonrisa era una razón más para aceptar su invitación a comer.

Cara miró a Adam de reojo mientras echaba un vistazo al menú del restaurante junto a los estudios de televisión.

«Estoy comiendo con Adam Tyler», se dijo. Habría preferido hablar de él en lugar de hacerlo sobre su amigo. Por la prensa, conocía su historia y cómo había logrado triunfar en el mundo de los negocios. Era dueño de una de las compañías que más rápidamente había crecido en Australia en los últimos años. Por ello, había recibido numerosos premios y reconocimientos. Pero no sólo era conocido por sus dotes empresariales, también lo era por ser un cotizado soltero de oro.

No era de extrañar. De cerca, era más atractivo que en fotografía. Era muy masculino, desde el aroma de su perfume hasta el traje que vestía. Desde la manera en que movía sus manos al hablar hasta el modo en que su curiosa mirada no perdía detalle de lo que a su alrededor pasaba. Bajo su impecable aspecto exterior latía el pulso de un brillante y poderoso hombre de negocios acostumbrado a lograr el éxito en todo lo que se proponía.

Y todo lo que había hecho ella era hablar de tonterías, biquinis y jacuzzis. No era ésa la impresión que le hubiera gustado causar en un hombre cuya trayectoria profesional admiraba.

De pronto, advirtió que la miraba sorprendido. La había pillado observándolo. Le dirigió una amplia sonrisa y continuó leyendo el menú.

Lo último que quería era dejarse seducir por aquel millonario. Era evidente que era un hombre adinerado. Y dinero significaba poder. Cara no estaba dispuesta a renunciar a todo lo que había logrado por sí misma. Especialmente por alguien que, a pesar de ser tan guapo y atractivo, estaba involucrado en el proyecto del programa *El soltero millonario* en contra de sus deseos. De eso no había ninguna duda.

—¿Ya sabes lo que vas a pedir? —preguntó Adam.

—Desde luego —afirmó con rotundidad.

Tras unos segundos de incómodo silencio, Cara advirtió que el camarero estaba junto a ella esperando a tomar la comanda. Rápidamente eligió lo primero que vio en el menú.

—¿De qué va todo esto? —preguntó Adam mientras tomaban el primer plato.

Cara abrió la boca para contestar, pero recordó lo que Jeff con tanto énfasis le había advertido.

—Como cuentes a alguien algo sobre el programa, estás despedida —le había dicho.

—Lo siento —contestó Cara—. No creo que pueda contártelo. Tengo que cumplir las cláusulas de confidencialidad de mi contrato.

—El nombre del programa ya me lo dijiste antes.

Cara se llevó las manos a la cara.

—¿En serio? Espero no echarlo todo a perder antes de que empiece. Tienes permiso para cerrarme la boca si vuelvo a dejar escapar algo sobre ese programa.

—Gracias. Siempre es bueno saber hasta dónde se puede llegar —dijo Adam tomando un trozo de pan—. De todas formas, no me refería al programa. Sé más cosas de las que me gustaría. Quiero saber otro tipo de detalles como por ejemplo, ¿seguirá yendo Chris a trabajar a la oficina?

—Creo que no lo hará durante las próximas dos semanas. Tanto él como los que trabajemos en el programa permaneceremos aislados en el Hotel Ivy mientras dure la grabación y nadie podrá salir ni entrar de él sin la autorización de los productores —respondió Cara y se quedó observándolo a la espera de su reacción.

Pero Adam apenas hizo un gesto con la cabeza y parpadeó. No sabía si detrás de aquella mirada azul, la noticia lo afectaba de alguna manera en particular.

—¿Para qué crees que os aíslan? —preguntó interesado.

—Para evitar que hablemos con la prensa.

—¿De qué?

—De los detalles jugosos. El nombre del

programa... —comenzó Cara y Adam sonrió. Su sonrisa encantadora la desconcertó—. Los productores del programa quieren mantener en secreto la grabación y poder controlar en todo momento los detalles —continuó—. Llevo años trabajando en el mundo de la moda y sé que lo que vende es lo que hay detrás. Los secretos tienen atractivo. La televisión, también. No hay nada más sugerente para las mujeres entre dieciocho y treinta y cinco años que un hombre buscando un amor. El sexo vende. Y los productores lo saben y quieren sacar un gran beneficio de eso.

Terminó de exponer su punto de vista e inspiró. Ahora estaba segura de una cosa. Por el modo en que la estaba mirando y escuchando, era evidente que aquel hombre tenía algo más en mente. Su actitud dejaba entrever que estaba abierto a cualquier cosa que ella pudiera ofrecerle. Se estaba poniendo tan nerviosa que sentía un nudo en el estómago.

El hecho de estar frente a un hombre tan atractivo y encantador, no la ayudaba a tranquilizarse. Si al menos hiciera algún gesto vulgar o mostrara un exagerado gusto por la polka...

Cara tomó un sorbo de agua para evitar balbucear, confiando en no haber dicho ninguna estupidez. Estaba segura de que lo estaba haciendo bien.

—Ya te he contado todo lo que puedo —dijo ella. Adam se encogió de hombros—. Volvamos a la razón que nos ha traído aquí —añadió, decidida a tomar el control de la conversación si quería obtener la información que necesitaba de él—. Háblame de Chris.

—¿Qué quieres saber?

—¿Qué comida le gusta? —preguntó ella. Sabía de Adam por la prensa, pero apenas tenía información de los otros socios de *Revolution Wireless*. Él parpadeó lentamente. Cara había advertido que lo hacía cada vez que quería ganar tiempo antes de hablar y eso la incomodaba—. ¿Se parece en algo a ti?

—En algunas cosas sí, en otras en absoluto.

—¿Y qué le gusta hacer para divertirse? —dijo ella y se mordió el labio inferior. Sus respuestas no la estaban ayudando nada.

—Le gustan las telecomunicaciones y la tecnología.

—¿Cómo os conocisteis? ¿Qué le apasiona? ¿Qué tipo de mujer le gustaría encontrar?

«Cuéntame algo, lo que sea», pensó Cara.

—Nos conocemos desde el colegio.

Ella se quedó a la espera, pero Adam no dijo nada más.

—Fantástico —dijo sin ningún entusiasmo. Su paciencia estaba al límite.

Había conseguido el trabajo pero no podía permitirse cometer ningún error que pudiera dejar marcada su carrera. Aunque consiguiera pagar la hipoteca de su casa, tenía otros gastos a los que hacer frente. Aquel hombre lo único que estaba haciendo era tratar de seducirla.

—Está bien. Eso era todo lo que necesitaba saber —dijo enfadada, dejando su servilleta a un lado del plato dispuesta para irse—. Ahora ya sé que no se parece a ti, que su trabajo consiste en inventar cosas y que una vez fue al colegio y allí fue donde os conocisteis. Con toda esa información ya tengo suficiente y puedo lograr que tu amigo no parezca un tonto ante millones de personas que lo verán cada semana.

—Espera —dijo Adam poniendo su mano sobre la de ella para detenerla.

Cara dejó escapar un suspiro, alegrándose en el fondo de que su pequeña representación hubiera dado el resultado esperado. Se volvió a sentar lentamente y esta vez fue ella la que se quedó a la espera de que fuera él el que hablara. Estaba ante un maestro y tenía que aprender de él. Tras unos segundos en silencio, Cara advirtió que su mano seguía sobre la suya.

Bajó la miraba y la fijó en su mano. Era fuerte y bronceada, en comparación con la suya que era pequeña y pálida. El silencio se hizo tenso.

Lentamente, Cara quitó la mano y él no se lo impidió. Volvió a morderse el labio y lo miró.

—Adam, por favor, háblame de tu amigo. Necesito conocer sus gustos.

Estaba decidido a hacer cualquier cosa para impedir que su amigo participara en aquel programa, pero al ver a aquella mujer mirándolo en actitud suplicante decidió dar su brazo a torcer. Pero sólo porque no estaba dispuesto a permitir que Chris quedara como un idiota ante los espectadores. No había podido darle una respuesta cuando ella le había preguntado lo que hacía Chris para divertirse porque lo único que le gustaba era trabajar. Era lo único que había hecho durante años y ahora reclamaba un poco de tiempo para él. Era lo menos que se merecía.

—¿De verdad no lo conoces? —preguntó Adam.

Ella negó con la cabeza lentamente.

—No. No sé si es viejo, joven, gordo, delgado o calvo.

Adam se quedó unos segundos mirándola. Estaba a la espera de que le diera una respuesta. Era una mujer inteligente, además de guapa. Se movió incómodo en su asiento. Ella se había quedado a la espera de una respuesta y lo miraba fijamente. No estaba acostumbrado a ser víctima de sus propias tácticas. Aquella mujer aprendía rápido y era evidente que tenía que contestar.

—Está bien —empezó Adam—. Vayamos por partes.

Cara se inclinó hacia delante y apoyó los codos sobre la mesa, descansando la barbilla sobre las manos mientras él le hablaba sobre Chris. Historias de su infancia, de sus citas, de su educación y de su amistad de más de veinte años. Parecía una buena persona y cada vez sentía más ganas de conocerlo.

Pero a la vez no dejaba de fijarse detenidamente en el hombre que tenía en frente. Era un magnífico narrador y apenas podía quitar los ojos de él. Estaba tratando con el hombre que había dirigido una de las campañas de márketing más importantes del país.

—¿Por qué no tomas notas? —preguntó de pronto Adam. Cara regresó bruscamente de sus pensamientos—. ¿Estás bien? —añadió poniéndose de pie.

Había dejado volar su mente despreocupándose de la información que le estaba facilitando sobre el hombre del que se tenía que ocupar en las dos próximas semanas y que sería el trabajo más interesante que había tenido en su vida.

—Sí, estoy bien. Y no necesito tomar notas. Todo lo guardo aquí —dijo señalándose la cabeza.

—Así que dime, ¿te gusta Cary Grant? —preguntó Adam mientras le servía más vino.

Cara trató de recordar lo que Adam había dicho unos segundos antes sin lograrlo.

—¿Cómo dices?

Adam la miró con los ojos entrecerrados.

—Cary Grant. El actor favorito de Chris.

Cara sacudió la cabeza, tratando de despejar su mente.

—Claro que me gusta. Me parece un actor maravilloso —dijo Cara—. Así que resumiendo, Chris es un gran tipo al que le gusta Cary Grant y que le gusta coleccionar cadenas.

—Monedas —la corrigió mientras se servía vino.

—Eso, monedas.

—Creo que se merece un brindis por ser el motivo que nos ha reunido hoy en esta agradable comida.

—¿Quién? ¿Cary Grant?

Adam rió sacudiendo la cabeza.

—¿Por qué no? Por Cary Grant.

Cara decidió que ya había tenido bastante. Otro segundo más de aquella conversación y acabaría olvidando su propio nombre. Así antes de seguir metiendo la pata, se puso de pie y dejó la servilleta sobre la silla.

—Has sido una ayuda fantástica, pero tengo que irme. Muchas gracias por la comida y ya nos veremos.

Salió del restaurante en dirección a los estudios de televisión, pensando en conocer a Chris. Tenía que hacer un buen trabajo. Aquello suponía pagar su casa y olvidarse de la hipoteca. Debía olvidarse de Adam Tyler y sus intensos ojos azules. Cuanto más lejos se mantuviera de él, mejor.

Adam se quedó allí sentado observándola. No sabía qué le había gustado más: si el contoneo de sus caderas mientras se alejaba o disfrutar de la alegría de su bonito rostro y de los movimientos enérgicos de sus manos.

Dejó aquellos pensamientos y se concentró en lo que tenía que ser su prioridad. Todo parecía indicar que finalmente Chris iba a participar en aquel concurso. Iba a tener que acompañarlo durante las dos semanas que iba a durar.

—El sexo vende —había dicho Cara y no se equivocaba lo más mínimo. Tenía el presentimiento de que iban a saltar chispas en el programa y eso haría que los beneficios de *Revolution Wireless* fueran en aumento.

Capítulo tres

CARA se fue a su apartamento y encontró una nota de Gracie pegada a la puerta. Subió los escalones de dos en dos hasta el piso de arriba y llamó a la puerta de su amiga. Oyó ladrar a un perro al otro lado de la puerta. Se trataba de Minky, el pequeño perro al que estaba cuidando mientras sus amigos Kelly y Simon estaban de viaje fuera de la ciudad.

Por fin la puerta se abrió y Gracie apareció tomando a Minky en brazos.

—Y, ¿bien?

—He conseguido el trabajo.

—Lo sabía. Estaba segura de que lo conseguirías. Gracie la tomó del brazo y la condujo hasta el viejo sofá que ocupaba medio salón.

—Me quedan diez minutos antes de irme a trabajar, así que cuéntamelo todo ahora mismo.

—No puedo. Tengo que guardar el secreto.

—¿No me lo puedes contar ni a mí?

—No, especialmente a ti no.

—Haces bien. Ya sabes que no sé estar callada.

¿Has conocido a alguien famoso? ¿Has visto al chico que presenta ese programa de cine? Es guapísimo.

—Te equivocas de canal.

—Tienes razón.

—He comido con un hombre muy interesante —comenzó Cara y le contó detalles de la comida, pero sin dar el nombre de su acompañante.

—¿Traje caro o barato?

—Caro, ninguna duda.

Gracie sacudió la cabeza y dedujo que no volverían a verse. Cara iba a tener que estar aislada en un hotel durante dos semanas con muchas cosas de las que ocuparse.

Adam regresó a la oficina.

Dean, el tercer socio de *Revolution Wireless*, estaba trabajando en su despacho. Él se ocupaba de llevar las cuentas de la compañía. Se había quitado la chaqueta y la corbata y llevaba las mangas de la camisa remangadas mientras hablaba por teléfono.

Adam se sentó a la espera de que colgara el auricular.

—Adam —dijo Dean cuando terminó y estrechó la mano de su amigo—. Pareces preocupado.

—Es Chris.

—¿Por el programa de televisión? —preguntó y Adam afirmó con la cabeza—. Deja que haga lo que quiera.

—¿Lo dices en serio?

—Por supuesto. Hace más de un año que se tomó las últimas vacaciones y está cansado. Esto le servirá para darse un respiro.

—No lo creo. Me he esforzado mucho para que *Revolution Wireless* tenga una imagen de compañía seria frente a las grandes multinacionales que han copado el mercado durante años y justo cuando estamos arriba llega Chris y nos hace parecer unos principiantes.

—Humanos es lo que nos hace parecer —repuso Dean mirando con severidad a Adam—. Y no creo que eso sea malo para una compañía como la nuestra.

Adam parpadeó y Dean enarcó las cejas.

—Así que estás de acuerdo con él, ¿verdad?

—Totalmente. Creo que es un hombre muy valiente. Le ha echado agallas al asunto. Y no veo que la imagen de *Revolution Wireless* vaya a verse perjudicada por ello.

Adam se quedó pensativo. Él era el único que no lo veía así y no estaba dispuesto a iniciar una discusión.

—Está bien. Si ésa es tu decisión, quiero que seamos los patrocinadores del programa.

Dean se quedó inmóvil unos segundos y luego se pasó una mano por el pelo.

—¿Quieres que patrocinemos el concurso?

—Ya que parece que no puedo hacer nada para detener el programa, tendremos que sacar algún beneficio. Nos aprovecharemos de que va a ser emitido en horario de máxima audiencia y conseguiremos una gran publicidad.

De esa manera, él se aseguraba su presencia en la grabación del programa y así podría estar en el hotel. De ese modo, vigilaría a Chris y se aseguraría que su amigo no acabara con alguna manipuladora que además del corazón, le robara la cartera. Y es que tal y como él veía todo aquel asunto, estaba seguro de que eso era lo que iba a pasar.

—Claro. Tú eres el responsable del márketing de la compañía, así que si crees que puede interesarnos, te apoyo completamente.

Adam sacudió la cabeza.

—¿No tienes inconveniente en quedarte solo al frente de la compañía durante las dos próximas semanas?

—Por supuesto que no. Siempre y cuando pueda localizarte por teléfono ¿Para qué están los móviles y el correo electrónico sino para hacer más fácil el trabajo?

Adam sonrió.

—Tienes toda la razón.

En aquel momento dos de los teléfonos que había frente a Dean comenzaron a sonar.

Adam se puso de pie.

—Te dejo.

Dean descolgó uno de los auriculares y se despidió de Adam con la mano.

Al día siguiente, Cara pidió a su asistente que cancelara todos sus compromisos de los próximos quince días. Decidió ocuparse ella misma de llamar a Maya Rampling, editora de la revista *Fresh* y su cliente más importante.

—Cara, querida. Creo que tengo que felicitarte.

—Maya, eres un encanto. Gracias a ti he conseguido este trabajo. Aunque ello suponga que no pueda hacer la sesión de lencería para tu revista.

—Te echaré de menos, pero no lo pienses. Ese trabajo es el perfecto para ti. Te voy a dar un consejo que no debes olvidar: no te fíes de nadie. Los trabajos en televisión son muy inestables e inseguros. Unos y otros en el equipo se harán la vida imposible a fin de sobresalir sobre los demás y no perder su empleo.

—Gracias, lo recordaré.

—Así que mantente al margen y no te metas en líos. Sé discreta, concéntrate en el trabajo y no tendrás problemas. Pásatelo bien. Nos veremos pronto.

Maya colgó y Cara se quedó pensativa. ¿Que lo pasara bien? Con aquellos consejos que le había dado, tenía miedo hasta de sonreír a la persona equivocada. Se concentraría en el trabajo y en nada más. Así saldría de su hipoteca, se recordó quedándose más tranquila.

Se dio una ducha y se puso unos vaqueros y una camiseta blanca. Cerró la maleta y se fue.

Una limusina negra la esperaba en la puerta. Bajó la ventanilla y contempló el edificio. La próxima vez que volviera allí, su apartamento sería suyo de verdad.

El coche arrancó y se puso en marcha, dejando a un lado la playa donde las chicas tomaban el sol con diminutos biquinis bajo la atenta mirada de los hombres que por allí pasaban.

Cara pensó en el misterioso Chris y en los motivos que le habrían llevado a acudir a un programa de televisión para encontrar el amor. Ella nunca consideraría ir a un concurso para eso, ni siquiera a través de las discretas agencias de Internet, por eso no entendía por qué lo hacía. Ella prefería salir con sus amigas y conocer así a otras personas. Aunque no le había preocupado nunca encontrar un hombre con el que tener una relación seria.

Daba igual los motivos que le hubieran llevado a Chris a presentarse a aquel programa, se dijo. Lo importante es que ella había encontrado un trabajo único, la oportunidad de su vida.

Mientras el coche se dirigía a la ciudad, Cara se acomodó en el asiento a la espera de iniciar una nueva etapa de su vida.

—Eso está hecho —dijo Adam mientras estrechaba la mano de Jeff, el joven ejecutivo que llevaba la ropa arrugada y mucho gel en el pelo—. *Revolution Wireless* será el patrocinador de *El soltero millonario.*

—Tendrás que permanecer con el resto del equipo en el hotel —explicó Jeff—, y por ello tienes que respetar las mismas normas que los demás durante las próximas dos semanas.

Adam le dirigió una sonrisa forzada al joven.

—Por supuesto.

—Está bien —dijo Jeff devolviéndole la sonrisa—. Tienes que estar en el hotel antes de las ocho de la tarde para que te den una habitación.

—En la misma planta que la de Chris, ¿verdad?

—Tendrás la suite de al lado —accedió Jeff—. Aquí te doy una copia de las actividades que están programadas para estos días.

Adam echó un vistazo al papel, que no tenía ningún título o detalle que lo identificara con el programa. Si alguien encontraba aquel papel tirado en el suelo, nunca se le ocurriría pensar que se trataba del secreto mejor guardado de la televisión australiana.

—*El soltero millonario* va a ser un bombazo —dijo Jeff—. Ya lo verás.

Ya era uno más del equipo, pensó Adam. Chris iba a necesitarlo, no le cabía ninguna duda de ello. Gracias a él, su amigo iba a salir de aquel programa soltero y millonario, tal y como había llegado.

La entrada del Hotel Ivy estaba protegida por unos vigilantes de seguridad y un detector de metales. Escanearon la tarjeta de Cara y le permitieron la entrada. Una vez dentro, otro vigilante registró su equipaje en busca de equipos de grabación y lo único que encontró fue una cámara de fotos instantánea que le permitieron pasar. Aquel sitio parecía una fortaleza. Estaba emocionada. Puso su maleta en la banda del detector de metales y de repente la alarma comenzó a sonar.

El guarda de seguridad, cuyo nombre era Joe Buck según ponía en su placa, le cortó el paso.

—Lo siento, señorita Marlowe, pero no está permitido introducir teléfonos móviles.

—Pero si no lo he traído —dijo segura de haberlo dejado en su casa sobre la mesa del salón.

Su maleta dejó de sonar y se miraron sorprendidos.

—Lo siento, señorita Marlowe, pero las órdenes... —comenzó a decir Joe, dejando en el suelo la maleta.

—Lo sé, lo sé —lo interrumpió Cara—. Espere un segundo y me aseguraré que no lo tengo.

Recordó el consejo de Maya de que fuera discreta y deseó acabar con aquello cuanto antes. Puso la maleta en el suelo, se inclinó de cuclillas y allí mismo la abrió. Revolvió el contenido y no encontró nada más que su ropa doblada.

Oyó que el murmullo de la fila iba en aumento y se giró para mirar. Cada vez había más personas detrás de ella esperando para pasar. ¡Vaya impresión que debían de estarse llevando sus nuevos compañeros!

La alarma paró. Sacudió su maleta y el sonido comenzó de nuevo. No habiendo encontrado nada, decidió sacar la ropa que se iba colocando sobre su hombro.

—¿Todo bien por aquí? —dijo una voz que le sonó familiar.

Cara se puso de pie rápidamente. De pronto la vista se le nubló y alargó la mano en busca de un soporte. Adam Tyler, que estaba junto a ella, la sujetó.

Poco a poco, su vista se fue aclarando y vio aquellos intensos ojos azules mirándola. Ahora aquel hombre no querría hablar de su nombramiento como empresario australiano del año con una mujer que apenas se podía mantener en pie.

Se sentía intimidada y nunca se había sentido así antes. Ella era una mujer que había conseguido todo lo que tenía gracias a su propio esfuerzo. Era una mujer con talento y ambición que en aquel momento necesitaba agarrarse a él para mantenerse en pie. Su mano se apoyaba sobre su fuerte pecho y un montón de ropa interior colgaba de su hombro. Rápidamente la tomó y se dio la vuelta para esconderla.

—¿Estás bien? —preguntó Adam tomándola del codo como si tuviera miedo de que se cayera.

Desconcertada, se agachó y comenzó a guardar la ropa en la maleta.

—Tengo la tensión baja —dijo escondiendo la ropa interior—. Me he puesto de pie bruscamente y me he mareado. Me pasa de vez en cuando.

—Señorita Marlowe —intervino Joe, el guarda de seguridad—. ¿Ha encontrado su teléfono móvil?

—Búsquelo usted mismo, por favor.

El guarda miró a Adam sin saber qué hacer y justo en ese momento el sonido de la alarma se reanudó. Joe aspiró profundamente y se puso a registrar la maleta.

Mientras Cara lo observaba en silencio, se preguntó qué estaría él haciendo allí. Recordó que no pensaba volver a ver a Adam nunca más.

—¿Qué estás haciendo aquí? —le preguntó.

—Te estoy sujetando.

—No me refiero a eso. ¿Qué haces aquí en el hotel?

En ese momento, Joe tenía algo en la mano y no era un teléfono móvil. Era una pancarta que ponía en grandes letras: felicidades. Además, emitía un sonido similar al de un teléfono.

Cara, Adam y un gran número de personas que esperaba en fila detrás de ellos para pasar por el detector de metales miraban asombrados la gran pancarta que Gracie había introducido en la maleta de su amiga. Todo el mundo se giró a observar a Cara que, avergonzada, alargó la mano para tomar la pancarta que Joe le entregaba.

—Lo siento, señorita Marlowe.

—No se preocupe, Joe —dijo tratando de mostrarse tranquila. El guarda no tenía culpa de nada. Tan sólo había cumplido su trabajo. Ya hablaría con Gracie—. ¿Me puede devolver mi maleta?

—Por supuesto —dijo Joe poniéndola en el suelo con cuidado.

—Gracias.

El guarda volvió a su puesto y Cara trató de cerrar su maleta, pero no podía. Miró a su alrededor sin saber qué hacer. En aquel momento, Joe estaba registrando la maleta de Adam. De pronto, él levantó la vista y la observó. Cara se tragó su orgullo y le hizo una señal con la mano para que se acercara.

—¿Me ayudas a cerrar la maleta? —le preguntó.

—Claro —respondió con una sonrisa de autosuficiencia, que hizo que Cara se arrepintiera de haberle pedido ayuda.

Cara se sentó sobre la maleta y tuvo que levantar las piernas mientras él se ocupaba de asegurar el cierre. Sentía que su humillación iba en aumento.

—Venga, dímelo.

—¿El qué?

—Lo que sea que estás pensando.

—Estaba pensando que has sido muy amable con Joe —dijo cerrando los últimos centímetros de la cremallera.

—¡Oh!

—Ya está —anunció Adam.

Cara tragó saliva.

—Todavía no me has dicho lo que te ha traído hasta aquí.

—No me extraña si tenemos en cuenta que el espectáculo que acabas de dar en el control de acceso ha sido mucho más interesante que cualquier cosa que yo pudiera decir —dijo Adam y antes de que Cara pudiera interrumpirlo, añadió—. *Revolution Wireless* es el patrocinador del programa.

—Eso es toda una sorpresa. Mientras comíamos me dio la impresión de que te parecía un concurso absurdo.

—Y así es. Pero la gente que entiende de televisión me ha dicho que este programa se va a convertir en todo un fenómeno. Así que aquí estoy en representación de *Wireless Revolution*.

—¿Te quedarás las dos semanas? —preguntó tratando de mostrarse calmada.

Adam sacudió la cabeza.

—Señor Tyler —los interrumpió el guarda de seguridad—. Aquí tiene su teléfono móvil, su ordenador portátil y su impresora. Está autorizado para usar todo.

Adam se quedó unos instantes más observándola antes de girarse y hacerse cargo de su equipaje. Cara aprovechó la ocasión para salir de allí. Tomó su maleta y se dirigió al ascensor tan rápido como le fue posible.

Él la miró alejarse. Al menos iba a estar entretenido con aquella mujer cerca.

Joe le indicó hacia dónde tenía que dirigirse para llegar a su habitación. Adam se acercó hasta el ascensor recordando lo bien que le sentaban los vaqueros a Cara. Parecían una segunda piel. Era una mujer delgada, pero tenía las curvas perfectas tal y como había comprobado al verla entrar en el hotel. Nada más verla en apuros se había acercado a ayudarla. Aunque tenía que reconocer que el verdadero motivo para ayudarla había sido protegerla de las miradas de otros hombres.

«¿Quién necesita guardas de seguridad en este lugar conmigo cerca y dispuesto a ayudar?», se dijo bromeando.

Capítulo cuatro

A LA mañana siguiente, Cara se levantó pronto y bajó a desayunar, consciente de que sería lo único que podría hacer con tranquilidad durante las dos semanas siguientes. Por supuesto que no tenía nada que ver con el hecho de que quisiera evitar a una persona en particular. En realidad, no quería ver a nadie después de lo que había pasado durante su llegada al hotel la tarde antes.

De regreso a su habitación, pasó junto a una mujer joven vestida con atuendo deportivo que no podía abrir la puerta de su habitación.

—¿Necesitas ayuda? —se ofreció.

—No consigo que la llave magnética funcione —dijo mirándola con sus brillantes ojos azules—. He llegado esta mañana y un empleado del hotel me abrió la puerta, pero ahora no puedo hacerlo.

—Déjame intentarlo.

La mujer le tendió la llave y Cara la tomó.

—Por favor. No quisiera tener que pasar el resto del día vestida así.

—Te entiendo. Si estuviera en tu caso, a mí tampoco me gustaría —dijo Cara deslizando la llave y abriendo la puerta sin problemas.

—Estoy quedando en ridículo. Es evidente que no he usado nunca este tipo de llaves, ¿verdad? —dijo la joven sonriendo, con un pronunciado acento provinciano—. ¿Qué hace una chica como yo en la gran ciudad? En mi pueblo, ni siquiera cerramos las puertas de las casas.

—No te preocupes —dijo Cara con una sonrisa—. Yo llegué anoche e hice el ridículo más espantoso nada más llegar. Me llamo Cara.

—Gracias por tu ayuda, Cara. Yo soy Maggie. Será mejor que me dé prisa y me vista. Hasta luego.

Cara se cruzó con Jeff antes de entrar a su habitación. Acababa de deslizar la llave en la ranura de la puerta cuando se paró junto a ella y empezó a relatarle las actividades del día.

—¿Te importa que pase al cuarto de baño yo sola?

—Por supuesto —dijo él entrando en la habitación detrás de ella—. Tú simplemente sigue escuchándome.

Jeff se sentó en la cama y Cara se alegró de tener todas sus cosas recogidas.

Se lavó los dientes y se maquilló, mientras Jeff continuaba hablándole.

—Hoy vas a conocer a Chris. Asegúrate de que esté guapo. Esta noche conocerá a las chicas.

Cara asomó la cabeza por la puerta del baño y lo vio ojeando el libro que tenía en la mesilla.

—¿Está bien? —preguntó Jeff señalando el libro.

Cara asintió con la cabeza.

—¿Quiere eso decir que el programa empieza esta noche?

—Sí —respondió Jeff—. Será mejor que te des prisa. Chris te espera en la suite 44. Recoge la tarjeta de crédito y llévatelo de compras. Nos veremos a mediodía para que pase por peluquería y maquillaje.

Jeff se fue tan rápido como había llegado y Cara se fue a buscar a Chris al piso de arriba. Llamó a la puerta y un mayordomo la condujo a través de la suite hasta un gran salón. Había una enorme cristalera desde el suelo hasta el techo y en un rincón había varios aparatos de gimnasia. Al caminar sentía la alfombra tan mullida que deseó agacharse y tocarla con la mano. Aquél habría sido el sitio perfecto para la sesión de fotos de lencería de la revista *Fresh*. Lo recordaría para la próxima vez.

—¿Hola? ¿Hay alguien? —dijo mirando a su alrededor.

De pronto vio a Adam Tyler impecablemente vestido aparecer por una de las puertas que había a su derecha. Se sonrojó al verlo allí.

—Lo siento. Me he debido de equivocar de habitación.

—¿Estás buscando a Chris? —preguntó con su sensual y masculina voz.

—Sí.

Él se acercó hasta ella que se había quedado inmóvil sin saber qué hacer. Se preguntó si Chris sería tan atractivo como su amigo.

—Tardará un momento. ¿Por qué no te sientas y tomas un café?

Cara negó con la cabeza. Bastante esfuerzo le costaba mantenerse tranquila al lado de aquel hombre como para echarlo a perder todo por un poco de cafeína.

Al instante, apareció un hombre justo detrás de Adam. Aquél tenía que ser Chris. Cara comprobó rápidamente que su presencia no la intimidaba tanto. La saludó con la mano y le hizo un gesto para que no dijera nada. Cara se mordió el labio y dirigió su sorprendida mirada hacia Adam.

Aquel gesto de complicidad, la tranquilizó. Se acercó hasta Adam, orgullosa de atraer su atención y distraerlo de la presencia de su amigo.

—Ahora que sé que estoy en la habitación

correcta, ¿puedo saber qué estás haciendo aquí? ¿No tienes otro sitio donde ir o alguna campaña de publicidad que supervisar? —preguntó Cara. Adam estaba a punto de darse la vuelta y descubrir a Chris, así que para evitarlo Cara añadió—. ¿O alguna despampanante rubia a la que romper el corazón?

Aquello detuvo a Adam y se quedó mirándola fijamente.

—¿De dónde has sacado esa idea?

—No sé —dijo Cara mirando hacia Chris que le hizo un gesto de aprobación—. No me negarás que tienes fama de ser todo un seductor.

Tras unos instantes, Adam se encogió de hombros.

—No hay ninguna rubia en mi vida así que por eso estoy aquí.

—Pues no tienes por qué quedarte aquí. Estoy segura de que tu amigo sabrá arreglárselas él solo sin ti.

—Yo no estoy tan seguro.

—Deberías darle una oportunidad —dijo Cara.

—Lo mejor que podría hacer mi amigo es concentrarse en los negocios.

—Quizá tu amigo piense que hay cosas más importantes en la vida que el dinero.

—Creo que lo que te molesta es tenerme

cerca y que tu trabajo se vea afectado. Creo que a la única que le preocupa el dinero es a ti.

La tensión iba en aumento en aquella habitación. Cara trató de controlarse. Aquella conversación había empezado como una broma y estaba yendo muy lejos. Todo lo que había pretendido era distraerlo de su amigo.

Ella siempre había sido una persona conciliadora y con grandes dotes diplomáticas. Era la que ponía fin a las discusiones. Pero había algo en él que hacía que perdiera el control y la incitara a no ceder.

—Creo que debería dejaros solos —intervino por fin Chris. Adam se giró para mirarlo—. No podía dejar que siguierais discutiendo —dijo acercándose y dando una palmada a Adam en la espalda—. Tú debes ser Cara. Soy Chris Geyer.

—Encantada —dijo estrechando su mano—. Voy a ser tu estilista en el programa.

—Estupendo. Soy un desastre con la ropa así que estoy en tus manos. Aunque he de decirte que he disfrutado mucho viendo cómo ponías en su sitio a Adam, mi intrépido guardaespaldas. Ahora, bromas aparte, me has salvado de la panda de monstruos que hay en la otra habitación. Querían depilarme con cera el pecho, para asegurarse de que nada interfiera con el micrófono. No creí que la tortura formara parte del concurso.

Adam se había sentado en el respaldo del sofá y parecía haberse tranquilizado.

A Cara le cayó bien Chris nada más conocerlo. Parecía una persona adorable. Era corpulento, con el pelo castaño y las mejillas ligeramente sonrojadas. No iba a tener ningún problema trabajando con él.

Todo lo contrario que con Adam, que con toda seguridad no habría dejado de protestar aunque estaba convencida de que él nunca hubiera hecho lo mismo que Chris. Él era tan orgulloso como ella. Quizá fuera por eso por lo que eran tan incompatibles entre sí.

—Bueno, Chris —dijo Cara dando una palmada—. Vámonos de tiendas.

—De acuerdo —respondió Chris—. Espera que coja mi llave —añadió. Adam les mostró que ya la tenía en la mano—. ¡Perfecto! Vamos.

—¿Él también viene? —preguntó Cara.

—Eso parece.

—¿No hay manera de que puedas deshacerte de él? —dijo Cara susurrándole a Chris.

—Puedes intentarlo diciéndole que el precio de nuestras acciones ha logrado su máximo histórico —contestó en voz baja.

—El precio de tus acciones ha logrado un

máximo histórico —repitió Cara, pero Adam ni se movió de donde estaba. Antes de seguir hablando, suspiró—. Está bien. Puedes venir. Pero no te metas en mi trabajo. Soy la mejor haciendo lo que hago así que si quieres que tu amigo esté impecable, mantente al margen.

Adam se quedó quieto, mirándola fijamente. Cara evitó morderse el labio, una mala costumbre que tenía cada vez que se ponía nerviosa.

—No voy a discutir tus decisiones. Tú eres la encargada de vestir a nuestro hombre. Pero ve acostumbrándote a que no me separe de Chris.

Adam advirtió que Cara hacía un esfuerzo por no responderle, a pesar de que su comentario no le había gustado. Pudo ver la furia en sus ojos verdes y cómo cerraba los puños. Aquella mujer tenía un gran temperamento y había algo en él que conseguía sacarla de sus casillas aún sin pretenderlo.

Cara trató de tranquilizarse y relajar los músculos que habían comenzado a tensarse. Apretó los labios y se dirigió a la puerta. Chris la siguió con una gran sonrisa. Adam salió el último de la habitación y se guardó la llave magnética en un bolsillo.

Cuando Adam se dio cuenta de que iba a ser un día de peluqueros, maquilladores y tiendas, todo bajo la atenta mirada de la cámara, estuvo tentado de no continuar junto a Chris. El único motivo por el que no lo hizo fue por Cara, ya que sabía que ella estaba esperando esa reacción por su parte.

Mientras le hacían la manicura a Chris, Cara lo invitó a que acompañara a su amigo. Estuvo a punto de aceptar sólo para borrar aquella estúpida sonrisa de su cara. Sin embargo, cuando le dijo que no, ella se encogió de hombros y se sentó para que se la hicieran a ella.

Ninguna mujer lo había desconcertado tanto como aquélla. Era una caja de sorpresas. Era imposible adivinar lo que iba a hacer a continuación.

Más tarde, cuando Cara estaba eligiendo la ropa interior que Chris debía ponerse bajo los pantalones que habían elegido, uno de los miembros del equipo hizo un comentario acerca de su gusto por la ropa interior blanca de algodón. Era evidente que la escena de la tarde anterior en la entrada del hotel había corrido como la pólvora.

Todos los que estaban en la habitación en aquel momento se quedaron en silencio esperando ver la reacción de Cara. Sin embargo, en lugar de avergonzarse o empezar a dar órdenes como una jefa histérica se giró tranquilamente y puso los brazos en jarras.

—Ahora que lo dices —dijo mirando al joven que había hecho el comentario—. Ya que tú has visto mi ropa interior, creo que es justo que yo vea la tuya —añadió y se dirigió hacia él.

El muchacho sonrió avergonzado sin saber qué hacer y se quedó plantado en el sitio mirándola asustado. En aquel momento, todos los presentes rompieron en sonoras carcajadas y ahí terminó la escena, que fue recordada el resto del día. Desde ese momento, Cara fue una más en el equipo.

Adam la observó trabajar durante todo el día y disfrutó haciéndolo. No podía olvidar que el motivo para estar allí era mantener alejado a Chris de las garras de cualquier desconocida que se pusiera en su camino. Así que lo peor que podía hacer era mostrarse interesado por una mujer y que su amigo se diera cuenta.

Había algo especial en ella. Algo que conseguía que cinco personas obedecieran sus instrucciones sin necesidad de subir el tono de su voz. Algo en el modo en que trataba a Chris, que hacía que estuviera todo el día feliz. Algo en sus ojos verdes que lo observaban cuando pensaba que él no se estaba dando cuenta.

Con su sonrisa, sus bromas y su alegre actitud, el día pasó rápida y apaciblemente. Todos regresaron en la limusina unas horas más tarde de muy buen humor.

—¿Qué tal lo llevas? —preguntó Chris a Adam—. Nunca te he visto tan apagado. Parece como si alguien hubiera muerto.

—Es que mi viejo amigo Chris ha desaparecido, dejando paso al nuevo Chris.

—Todo gracias a mi querida Cara —dijo pellizcando cariñosamente la mejilla de Cara—. Es imposible negarle algo a esta mujer tan encantadora. Deberíamos contratarla.

—¿Deberíamos qué? —preguntó alarmado Adam, mirándola.

Cara dibujó una sonrisa cómplice.

—No te alarmes, Adam. Tengo muchas cosas de las que ocuparme ahora mismo —intervino ella.

—¿Has trabajado con Jeff antes?

—No, es la primera vez. Creo que nos entendemos bien y espero que así siga siendo.

—¿A qué te refieres?

—Confía en mí y en mi trabajo. Aunque eso no quiere decir que pudieran prescindir de mí si quisieran.

—Eso es duro.

—Según me han dicho, el mundo de la televisión es muy duro. Así que será mejor que seas bueno —dijo señalando a Chris—. No me causes ningún problema.

Adam encontraba muy atractiva a Cara, no podía negarlo. ¿A quién estaba engañando? Su piel de porcelana, sus largas piernas, su pelo castaño, su mirada felina, sus labios sensuales... Era una mujer muy sensual y no parecía ser consciente de ello.

—Cuando lleguemos al hotel, tenemos que prepararte para esta noche —anunció Cara—. ¿No estás nervioso?

—Un poco.

Adam advirtió el tono de inseguridad de su amigo y recordó que él era el motivo para estar allí.

—Todavía estás a tiempo de cambiar de opinión. Podemos dar la vuelta, devolver toda esa ropa, pagar la factura del hotel y largarnos.

—¿Y por qué habría de hacer eso? —preguntó Cara alarmada.

—Adam cree que estoy cometiendo un tremendo error.

—¿Y tú qué piensas, Chris? ¿Estás dispuesto a continuar?

—Como si te importara —dijo Adam.

Cara le dirigió una severa mirada. En un momento, el ambiente en el interior del coche se había vuelto tenso. El sentimiento de protección que había sentido todo el día, había desaparecido en cuestión de segundos.

—Me importa lo que tu amigo quiere —dijo mirando gravemente a Adam—. No me has contestado, Chris.

Chris sacudió la cabeza.

—No puedo negar que estoy nervioso, pero estoy seguro de que lo quiero hacer.

Cara se giró hacia Adam.

—Chris quiere presentarse al programa y no vas a impedírselo.

Adam apretó con fuerza los labios antes de hablar.

—Está bien. Tienes razón —admitió.

—Bien, ahora que ha quedado todo claro, vamos a esforzarnos para que esto salga lo mejor posible.

Una vez llegaron al hotel, Cara preparó la ropa que Chris se pondría esa noche. Por el modo en que trataba de ignorarlo, era evidente que seguía enfadada con él.

—¿Qué vas a ponerte esta noche? —preguntó Cara fríamente.

Aunque no lo miraba, Adam sabía por el tono de su voz que le hablaba a él.

—Supongo que esto.

Cara le dirigió una rápida mirada de arriba abajo. Él se sintió incómodo bajo su mirada profesional.

—Creo que esto te quedará bien —dijo

ella, dejando escapar un suspiro.

Cara sacó uno de los portatrajes y se lo dio a Adam. Tenía una nota pegada que decía «el esmoquin de Adam».

—¿Me has comprado esto a mí? —preguntó asombrado.

—Sí —contestó—. He oído que todo el equipo se va a poner sus mejores galas para la presentación de esta noche, así que pensé que te haría falta algo. Aunque si te soy sincera, después de lo que ha pasado en el coche, no sabía si dártelo —añadió y se giró para mirarlo—. Confío en que a partir de ahora, respetes mi trabajo.

Aquello lo dejó sin palabras. No sabía qué decir y eso nunca antes le había pasado. Siempre tenía un tema de conversación al que recurrir, pero esta vez no. Aquellas palabras parecían una forma sutil de pedirle que la dejara. Así que sin más, tomó el esmoquin y se fue a su suite para cambiarse de ropa.

Capítulo cinco

AQUELLA noche, en el ambiente romántico de la terraza del Hotel Ivy, todo estaba dispuesto para que Chris conociera a las concursantes, entre las que estaba la mujer que podría convertirse en su esposa. Cara estaba en el salón contiguo asegurándose de que todo estuviera preparado correctamente. Con una mano sujetaba una copa de champán y con la otra, la falda de su largo vestido negro para evitar pisárselo. Se movía de un lado a otro asegurándose de la posición de los focos y las cámaras y pegando los cables al suelo con cinta adhesiva negra.

Vio que Adam estaba sentado observando desde su silla lo que estaba ocurriendo fuera en la terraza. A pesar del enfrentamiento que habían tenido aquella misma tarde, cuando comenzó la grabación del programa se fue junto a él.

—Tengo un nudo en el estómago como si fuera yo la que estuviera ahí fuera —dijo acercando una silla.

Adam no se molestó en mirarla. Estaba totalmente pendiente de lo que hacía su amigo. Era evidente que estaba nervioso.

No era justo echarle toda la culpa de lo que había pasado en la limusina. El solo hecho de pensar que Chris pudiera dejar el programa, la había asustado y había hecho que reaccionara bruscamente.

Cada uno de ellos tenía una opinión del programa y unos motivos diferentes para estar allí. Si quería pasar los próximos quince días con tranquilidad, lo mejor sería llevarse bien con él.

—¿Nervioso, verdad? —preguntó Cara y nuevamente no obtuvo respuesta.

Así que alargó la mano y la puso sobre la pierna de Adam. Él se estremeció y Cara retiró la mano sorprendida. Lo miró y adivinó por la expresión de sus ojos que no sólo estaba nervioso, sino que además estaba sufriendo. Cara se tranquilizó antes de volver a hablarle.

—¿Estás bien?

—No lo conoces —dijo en voz baja—. Es muy inocente y esas mujeres se aprovecharán de él.

Cara dirigió su mirada hacia Chris. Los dos amigos habían hecho bromas a lo largo de todo el día refiriéndose a Adam como el guardaespaldas de Chris. Ahora entendía que no era sólo una broma. Por algún motivo desconocido, Adam se sentía obligado a proteger a su amigo.

Pero, ¿por qué? Tal y como Cara lo veía, las mujeres estaban más nerviosas que el mismo Chris, especialmente una de ellas cuyo rostro le era familiar.

Se trataba de Maggie, la chica a la que había tenido que ayudar a abrir la puerta de su habitación. Llevaba un bonito vestido rosa y su rubia melena suelta sobre los hombros. Si las demás se parecían en algo a ella, estaba claro que aquellas muchachas habían sido escogidas cuidadosamente. Maggie era incapaz de aprovecharse de nadie.

—Dales una oportunidad —dijo Cara—. Si en algún momento veo que alguien se aprovecha de él, te lo haré saber, ¿de acuerdo?

—No juegues conmigo —dijo Adam, mirándola con los ojos entrecerrados.

—Hablo en serio —repuso Cara, llevándose la mano al pecho—. Apenas conozco a Chris, pero me cae bien. No podría permitir que lo engañaran.

Adam hizo un gesto afirmativo con la cabeza. Al cabo de unos segundos lo repitió. Inspiró con fuerza y luego suspiró. Algo de lo que había dicho, había dado en el clavo.

—Está bien. ¿Amigos? —dijo Adam alargando su mano.

Cara sintió que se le hacía un nudo en el estómago al ver su sonrisa. Era encantador cuando quería. Recordó que se había acercado hasta él para suavizar las cosas entre ellos y parecía que lo había logrado.

—Amigos —concedió Cara y estrechó la mano de él. Sintió la calidez de su piel durante unos instantes y luego la magia desapareció. Habían sellado una tregua—. ¿Te estás fijando bien en todo? Puedes ser el próximo concursante —añadió bromeando.

Adam rió.

—Me has pillado. Me muero de ganas de estar ahí fuera.

—Al menos ya estás vestido para la ocasión. Déjame que te diga que ese esmoquin te sienta muy bien.

Le sentaba más que bien. Estaba impresionante.

Adam pasó la mano por su chaqueta, sin dejar de mirarla.

—Es cierto, me queda bien. Es increíble cómo has adivinado la talla —afirmó sorprendido.

Cara trató de no sonrojarse.

—Es mi trabajo. Sé calcular las tallas con una simple mirada —dijo ella. Por su sonrisa supo que su respuesta le había gustado. Seguramente habría muchas mujeres que serían capaces de dibujarlo de memoria. Su físico invitaba a mirarlo una y otra vez—. Aunque pensándolo mejor, quizá lo único que buscas es conocer a todas esas chicas guapas —añadió dirigiendo la mirada hacia donde estaban las concursantes.

Adam sonrió y se fijó en el grupo de mujeres unos instantes antes de volver a mirarla. Ella era la mujer más atractiva de aquella habitación. Pasaba de ser sofisticada con aquellos zapatos rojos y su portafolios entre las manos, a ser una chica ingenua con sus viejos vaqueros y su melena despeinada.

Aquella noche llevaba un vestido negro muy sensual. Los ojos estaban muy maquillados y el color de sus labios era de un rojo intenso, como si hubiera estado comiendo fresas.

En aquel instante, todo parecía girar alrededor de aquellos ojos verdes. Deseaba saborear sus labios, esos que cada vez que hacía una pausa al hablar se mordisqueaba. Estaba seguro de que su boca sería dulce.

Adam desvió la mirada y contempló a Chris, en un intento de alejar sus pensamientos.

Dos horas más tarde, el primer día de grabación de *El soltero millonario* terminó. Las chicas se fueron por una puerta y Chris se acercó a ellos atravesando la batería de cámaras y cables y se sentó junto a Adam.

—Lo has hecho muy bien —le dijo Cara.

—¿Se te ha hecho largo? —preguntó Adam.

Chris se quedó pensativo y echó la cabeza hacia atrás cerrando los ojos. Finalmente, sacudió la cabeza en gesto negativo.

—Creo que podría haberme quedado ahí fuera el resto de mi vida.

Cara observó que los músculos de la mandíbula de Adam se tensaban.

Chris abrió los ojos. Se le veía feliz.

—Son todas increíbles, encantadoras y muy guapas. No sé que he hecho para merecer esto, pero sé que va a dar resultado. Tengo el presentimiento de que entre esas mujeres está la que será mi esposa.

Aquello puso todavía más tenso a Adam.

—¿Te ha gustado alguna en particular? —preguntó Cara.

—Quizás —dijo empezando a ponerse colorado—. Pero todavía es muy pronto para saberlo.

De repente, Chris reparó en la actitud de Adam y su sonrisa desapareció.

—Adam, tranquilízate. Recuerda que no tienen ni idea de quién soy. Ninguna de ellas sabe que el nombre del programa es *El soltero millonario*. Soy tan sólo Chris. El único motivo por el que están participando es para encontrar a alguien, igual que yo —dijo provocando que Adam soltara una carcajada—.

He llegado hasta aquí y lo voy a hacer. Será mejor que te hagas a la idea cuanto antes, amigo. Vas a tener que apoyarme porque necesito que lo hagas.

Cara advirtió que Adam se enfrentaba a un dilema. No sabía si tomar a su amigo del brazo y llevárselo a casa o dejarle hacer lo que quisiera. Lo vio tomar aire lentamente mientras relajaba los hombros. Conocía aquellos gestos ya que ella misma los hacía en algunas ocasiones, cuando trataba de mantener el control.

Era evidente que Adam estaba preocupado por Chris. Tenía miedo de que su amigo se enamorara locamente de alguna de aquellas mujeres. Y Cara no entendía por qué esa preocupación.

—Venga, Adam —continuó Chris—. Necesito saber que, a pesar de tus objeciones, apoyarás cualquier decisión que tome.

Cara deseó sacar su talante diplomático y hacer desaparecer la tensión que había entre ellos. Pero no iba a hacer falta. Era evidente que eran buenos amigos y que arreglarían sus diferencias entre ellos sin necesidad de su ayuda.

—Está bien. Ya sabes lo que pienso.

—Lo sé.

—Pero te apoyaré en tu decisión, sea la que sea.

Cara se preguntó si eran conscientes de que ella seguía allí. Adam y Chris se pusieron de pie y se abrazaron. Eran amigos de verdad y Cara se preguntó qué les habría llevado a estar juntos. Sintió deseos de acercarse hasta ellos y compartir su emoción.

Al día siguiente, las concursantes fueron llevadas al centro comercial para que hicieran sus compras acompañadas por los objetivos de las cámaras. El resto del equipo se tomó el día libre.

Cara no soportaba quedarse sola en la habitación. Después de pasar más de una hora viendo la televisión decidió llamar por teléfono a Jeff para proponerle una partida de cartas. Pero justo cuando iba a hacerlo, el teléfono sonó y rápidamente, levantó el auricular.

—Buenos días, Cara —la saludó Adam al otro lado de la línea.

—Buenos días, Adam. —contestó.

Sus rodillas comenzaron a temblar y se sentó en la cama. Con tan sólo oírlo, su corazón dio un vuelco. Tenía una voz seductora, sensual y masculina. No había dejado de pensar en él desde la noche anterior. Incluso se había imaginado entre sus brazos.

—¿Te apetece pasar el día al aire libre

bajo el sol?

¿A solas con él?

—No te burles de mí —dijo Cara.

En el fondo estaba dispuesta a aceptar lo que fuera con tal de no pasar el resto del día sola.

—Lo digo en serio.

Cara se tumbó sobre la cama sujetando el auricular junto a su oreja.

—¿Qué habías pensado?

—Los responsables del programa nos dejan salir.

—Eso es increíble. Creí que pretendían mantenernos alejados del mundanal ruido.

Adam rió al otro lado de la línea telefónica y Cara se alegró de estar tumbada. Se quedaron unos segundos en silencio. Cara se llevó la mano a la frente y se quedó a la espera de que Adam continuara hablando.

—Ponte ropa cómoda. Nos vemos en el vestíbulo dentro de quince minutos.

—¿A dónde vamos? —preguntó Cara, pero él ya había colgado.

Se quedó mirando el auricular antes de colgar. Se quitó la ropa y se fue al armario en busca de la ropa adecuada, preguntándose a dónde la llevaría Adam.

Fuera lo que fuera, estaba nerviosa por saber lo que Adam tenía en mente. Se vistió rápidamente, tomó un sombrero y en menos de diez minutos estaba en la entrada del hotel.

Más tarde, Cara averiguó que el plan de Adam consistía en participar en un partido de béisbol entre los miembros del equipo de televisión y los empleados del hotel, que iban a jugar en un parque no muy lejos del hotel.

No era lo que más le apetecía en aquel momento, pero era mejor que pasar el día en la habitación. Bastante esfuerzo hacía a diario para mantenerse firme sobre los altos tacones que solía llevar. Al menos, confiaba en no pisarse los cordones de los zapatos y acabar con la cara en el barro.

Allí estaba ella con sus viejos vaqueros, su camiseta y sus zapatillas deportivas dispuesta a participar en el partido. Su equipo era el azul y todos llevaban una visera de ese color. El otro equipo era el rojo.

—¿Todo bien, Cara? —le preguntó Chris desde la segunda base.

Cara le hizo una señal para indicarle que todo estaba bien y se volvió a concentrar en el juego. Golpeó un par de veces el guante, tal y como había visto en televisión que hacían los jugadores, y apoyó las manos sobre las rodillas, lista para lo que hiciera falta.

Adam, que en aquel momento iba a lanzar, llevaba un pantalón corto y una camiseta. Lanzó la pelota al aire y la tomó. Estaba muy guapo y Cara sintió que se le hacía un nudo en el estómago. ¿Quién iba a saber que debajo de los elegantes trajes que solía llevar tendría un cuerpo como aquél?

Tenía la camiseta pegada al torso debido al sudor. Sus piernas eran fuertes, musculosas y bronceadas y tenía el mejor trasero masculino que jamas había visto. Y había visto unos cuantos. La mayoría de los hombres con los que trabajaba en las sesiones de fotos eran actores o modelos que pasaban largas horas en el gimnasio. Pero aquel hombre los superaba a todos. Era alto y corpulento.

Además, sus brazos eran fuertes y musculosos como los de un nadador.

—Corre Cara, ya es tuya —gritó Chris.

Sintió que el equipo entero la miraba. La pelota se dirigía botando hacia donde ella estaba. Miró de reojo a Adam y enseguida supo que no debía haberlo hecho. Si la vista desde la espalda era buena, de frente era impresionante. Llevaba la camiseta pegada al pecho por el sudor, su pelo oscuro estaba húmedo y despeinado, los ojos brillantes por el ejercicio y su respiración era entrecortada. Era demasiado atractivo para ser real.

Aquel modo de observarlo no era sólo por

deformación profesional. Estaba empezando a sentirse atraída por aquel hombre.

Cara volvió a concentrarse en el juego y se dio cuenta de que la pelota estaba cada vez más cerca. La tomó entre sus manos y ella misma se sorprendió de haberlo hecho.

—Pásamela a mí —gritó Chris desde la segunda base.

Rápidamente, se la lanzó y él la tomó antes de que el bateador llegara a la segunda base. Era el tercer jugador eliminado. Así que el equipo azul había ganado el primer partido.

Cara no podía creérselo. Dio un salto de alegría y corrió para encontrarse con el resto de su equipo que estaban dirigiéndose al banquillo, preparándose para su turno de batear. Adam esperó que pasase junto a él, ignorando las palabras de alegría de sus compañeros. Cuando llegó a su altura, caminó junto a ella.

—Bien hecho, señorita Marlowe.

—Sólo he tenido suerte de que la pelota viniera hacia donde yo estaba.

—Creí que te preocuparía romperte una uña.

Cara lo miró sorprendida.

—Ya has visto que no. Aunque me gusta lucir una perfecta manicura, prefiero triunfar en todo lo que me propongo —dijo Cara y comenzó a correr alejándose de él.

Se estaba convirtiendo en una costumbre verla alejarse de él, pensó Adam. Mantenía la cabeza alta, haciendo que su coleta se balanceara. Era evidente que no era una mujer deportista. Empezando por el detalle de que sus zapatillas estaban impecables.

Su mirada la fue recorriendo desde abajo. Los estrechos vaqueros que llevaba realzaban sus curvas.

Vio cómo llegaba al banquillo y se sentaba. Se alegraba de que estuvieran en el mismo equipo.

¿A quién quería engañar? No habían dejado de discutir desde el momento en que ella consiguió aquel trabajo. Pero tenía que reconocer que lo pasaba bien con ella.

Aunque había sitio al lado de ella, decidió sentarse al otro lado del banquillo. Desde allí, podía sentir los ojos de ella sobre él y sonrió.

Chris era el primero en batear.

—Tened cuidado con él. Si le ponéis un ojo morado os demandaré a todos —gritó Adam a sus contrincantes.

—Están perdidos —dijo Jeff inclinándose hacia Adam.

El *pitcher* dudó y lanzó suavemente la pelota a Chris, que llegó hasta la segunda base. A continuación, le tocó el turno a Jeff, que se quedó en la primera base. Adam bateó el tercero. Antes de hacerlo, miró a Cara que en aquel momento pretendía estar mirando hacia otra parte y sonrió.

Giró el bate varias veces en el aire para calentar los músculos de sus hombros y se colocó en posición. Quería impresionarla. Le había dicho que le gustaba ganar y quería darle el placer de que así fuera. Al fin y al cabo estaban en el mismo equipo.

El primer lanzamiento lo falló.

—Venga, Adam —gritó Jeff desde la primera base, animándolo—. Dale fuerte.

Sintió que las mejillas le ardían y supo que no era por el sol. Podía sentir los ojos de Cara en su espalda y echó una rápida mirada para comprobarlo. Estaba inclinada hacia delante, con los codos sobre sus rodillas y la barbilla sobre sus manos. ¡Pero su mirada estaba puesta en su trasero! Al cabo de unos instantes, sus ojos se encontraron. A punto estuvo Cara de caerse al comprobar que Adam la estaba mirando.

Él se volvió a girar y se preparó para batear. Otra vez falló. Sus pensamientos estaban lejos del juego. Pensaba en las mejillas sonrojadas de la mujer sentada detrás de él y en el lugar donde había estado mirando. Aquello lo había desconcentrado. Estaba acostumbrado a que las mujeres se fijasen en él, pero esta vez era diferente. Quizá fuera porque no se lo había esperado. Lo había herido varias veces en su orgullo en los últimos días y estaba convencido de que no lo apreciaba. El hecho de haberla visto fijándose de aquella manera en él, lo desconcertaba.

Adam agitó los hombros y trató de concentrarse. El *pitcher* lo miró con una sonrisa maliciosa y le devolvió la sonrisa. Le lanzó la pelota y esta vez la bateó. Sólo pudo llegar a la primera base, pero al menos había conseguido batear y eso lo alivió.

Los dos siguientes bateadores fueron eliminados. Cara era la siguiente. Tomó el bate y por el modo de hacerlo, Adam supo que nunca antes había cogido uno.

Trató de golpear la pelota, pero falló. Separó un poco más los pies, levantó otra vez el bate y tragó saliva.

—¡Venga Cara! ¡Dale fuerte! Tú puedes hacerlo —gritó Chris.

Adam sonrió para sí. Chris trataba de animar a aquella mujer que ni tan siquiera sabía sostener bien el bate.

—¡Cara! —gritó Adam—. Si consigues darle a la pelota, te pago la manicura.

Ella lo miró sorprendida con los ojos entornados. El *pitcher* volvió a lanzar la pelota y Cara la bateó con todas sus fuerzas con los ojos cerrados.

Adam la vio abrir los ojos, sorprendida de

haber lanzado la pelota tan lejos.

—¡Corre! —gritó Adam.

Ella comenzó a correr con el bate todavía en su mano. Chris fue el primero en llegar a la última base. A continuación lo hizo Jeff. Adam se quedó en la tercera y Cara estaba corriendo entre la primera y la segunda cuando un miembro del equipo contrario agarró la pelota. Levantó la vista y supo que iba a ser difícil, pero decidió intentar llegar hasta la segunda base y corrió con energía. El equipo azul la animaba a gritos. Vio que la pelota volaba hacia la segunda base trazando un arco en el aire. Decidida, se lanzó sobre la segunda base, deslizando sus rodillas por el suelo los últimos metros y acabó cubierta de polvo de pies a cabeza.

Capítulo seis

TODO el mundo corrió hacia la segunda base. Adam llegó el primero. Aquel sonido había sido muy inquietante. De un empujón, retiró al jugador que había caído sobre Cara.

—¿Estás bien? —preguntó preocupado. Alargó las manos hacia ella, pero evitó tocarla por miedo a hacerle daño. Quizá aquel crujido había sido por la rotura de algún hueso—. ¿Estás herida?

Cara se giró y se puso boca abajo. Estaba cubierta de polvo. Había perdido la visera y algunos mechones de pelo se habían salido de la coleta. Sin poder esperar durante más tiempo una respuesta, Adam recorrió con sus manos la cabeza de Cara en busca de sangre o de cualquier otra señal que indicara que estaba herida.

—¿Estás bien? —preguntó.

Cara hizo un gesto de dolor y sacó la mitad del bate de debajo de su cuerpo. Adam sonrió aliviado al ver que aquel sonido seco que había oído, había sido el bate al romperse, y no algún hueso de Cara. Al convencerse que estaba bien, tomó el rostro de la muchacha entre las manos y la miró a los ojos. La alegría que sintió de ver que se encontraba bien fue inmensa.

Cara lo miró y escupió una mata de césped que tenía en la boca.

—¿He llegado?

—¿Cómo dices?

—¿He llegado a la base antes que la pelota? Adam levantó la mirada y vio que el jugador contrario no tenía la pelota entre sus manos.

—Ni siquiera la agarré —intervino. Adam acarició la mejilla de Cara, limpiándole un poco de barro.

—Llegaste a la base. Pero ahora estás hecha un desastre. Ella se encogió de hombros.

—No me importa. Alguien estaba dispuesto a pagarme la manicura.

—Eres una mujer sorprendente, señorita Marlowe. Cara lo miró sonriente. Sus dientes blancos destacaban sobre su rostro sucio por el barro.

—Así soy yo.

Después del tercer juego, hicieron un descanso para comer. Se había colocado en una mesa un bufé de embutidos y ensaladas. Cara se hizo un gran bocadillo de jamón y se sentó en el césped, bajo la sombra de un árbol.

—¿Te importa si te acompaño?

Cara levantó el rostro y se encontró con el de Adam. —Por supuesto que no. Cara se hizo a un lado para dejarle sitio a la sombra. Además, no quería que se sentara muy próximo a ella. Desde que la había sorprendido mirándolo, se sentía incómoda con él.

—¿Lo estás pasando bien? —le preguntó.

Adam tomó otro bocado de su bocadillo.

—Sí —dijo afirmando con la cabeza.

—Muchas gracias por traerme. El equipo también lo está pasando bien. La idea de pasar el día al aire libre es más tentadora que estar encerrado entre cuatro paredes mirando la televisión —añadió Cara pero Adam no dijo nada—. No entiendo una cosa. Has sido elegido el empresario australiano del año, el hombre que puede hacer cambiar a cualquier persona de opinión y que seduce a las mujeres con tan sólo pronunciar unas palabras. Tu habilidad para conversar es conocida, pero yo apenas te he oído decir dos palabras seguidas.

Adam continuó masticando.

—Tenía la boca llena —dijo él después de tragar.

Cara lo miró con los ojos entrecerrados, pero ya había vuelto a dar un bocado al bocadillo. Ella hizo lo mismo.

—Pero en otras ocasiones no estabas comiendo —insistió Cara.

—Si quieres hacerme preguntas, asegúrate de que la respuesta pueda ser un simple sí o no. ¿De qué quieres que hablemos? —dijo. Cara abrió la boca, pero no supo qué decir—. Venga, pregúntame. Ésta es tu oportunidad para comprobar mis habilidades oratorias.

Cara seguía sin saber de qué hablar. Cada segundo que pasaba, la sonrisa de Adam crecía. De pronto, comenzó a llevarse el bocadillo nuevamente a la boca.

—¿Por qué te dedicas a las telecomunicaciones? —dijo Cara finalmente.

Adam bajó las manos.

—Fue idea de Chris. Fuimos juntos a la universidad. Él era el estudioso y yo el que siempre estaba metido en fiestas. Mis mayores preocupaciones eran las chicas y la cerveza —dijo Adam.

Cara sintió un nudo en el estómago. Era como si se sintiera celosa, lo cual no tenía sentido alguno. Continuó comiendo por si acaso la sensación que tenía era de hambre.

—Siempre nos llevamos bien. Gracias a él conseguí mi primer trabajo vendiendo teléfonos móviles en la tienda de su tío por las tardes.

Cara se lo imaginó en un centro comercial intentando convencer a los compradores de las maravillas de los aparatos. Aunque estaba convencida de que no le debía costar ningún esfuerzo. Cualquier mujer haría lo que él quisiera sólo con mantener la mirada de aquellos ojos azules. Sintió que el nudo de su estómago se estrechaba.

—No necesitaba el trabajo para pagar mis estudios universitarios —continuó Adam—. Pero Chris insistió en que me vendría bien y tenía razón. No era por los casi diez dólares que ganaba a la hora. Me vino bien tratar con el público para descubrir cuáles eran las necesidades que había en el mercado de las telecomunicaciones. De esa manera, puedes crear productos que realmente se vendan.

—Tu vida siempre fue fácil, ¿verdad? —preguntó Cara. Aunque sabía la respuesta, quería oírselo decir de su boca.

—Sí —reconoció con una tímida sonrisa—. ¿Y tú?

—No tanto como me hubiera gustado.

Adam parpadeó y de pronto se puso serio.

—¿Quién es tu proveedor de telefonía móvil?

—Has dado en el clavo. *Revolution Wireless*.

—Lo sabía —dijo Adam con una sonrisa seductora.

De aquella manera, Adam había dejado claro que él era rico gracias a personas como ella que utilizaban teléfonos de su compañía. Su sonrisa estaba provocando que su estómago diera un vuelco.

Cara trató de controlarse. No necesitaba que Adam le recordara lo maravillosos que eran sus teléfonos puesto que ella ya tenía uno de su compañía. Él era rico y ella no. De eso no había ninguna duda. Ella más que nadie tenía que recordar ese detalle.

—Para que lo sepas, gano más de diez dólares la hora.

—Y estoy seguro de que te mereces cada centavo que ganas —dijo Adam y provocó una sonrisa en Cara—. Un día, después de trabajar, Chris me habló de una idea que tenía y que sólo juntos podríamos llevar a cabo. Y ahí empezó todo.

—¿Qué idea era ésa?

Adam sonrió.

—Comenzó a explicármela. Reconozco que no le presté demasiada atención hasta que mencionó la idea de convertirnos en millonarios antes de cumplir los veinticinco. Eso fue lo que me convenció.

Ya lo había imaginado. Todo se reducía al dinero. Pero, ¿quién era ella para decir lo contrario? Ella misma soñaba con vivir rodeada de toda clase de comodidades. Así que era lógico que Adam pudiera desear lo mismo. Su padre siempre le decía que el dinero era el motor del mundo y tenía razón.

Cara dio un bocado a su bocadillo en un intento de dar por terminada aquella conversación. Sentía que Adam la miraba. Ya había oído demasiado y se arrepintió de haberle hecho hablar tanto. Continuaron en silencio durante unos segundos que se hicieron eternos. Cara evitó mirarlo y mantuvo su vista fija en la lejanía.

—¿Era eso lo que querías saber? —dijo finalmente Adam. Cara le lanzó una rápida mirada e hizo un gesto de indiferencia—. O a lo mejor, lo que querías es que te sedujera.

Aquello provocó que ella se atragantara y comenzara a toser. Se puso de pie de un salto y buscó la manera de salir de allí.

—Parece que el juego se va a reanudar. Nos vemos en el campo —fue lo primero que se le ocurrió decir y salió corriendo lo más rápido que pudo.

El resto del partido continuó como había empezado y el equipo de televisión se hizo con la victoria: diez carreras a tres. Todos regresaron al hotel relajados.

Cara fue la última en subirse al autobús y el único asiento que encontró libre fue junto a Adam. Le dirigió una breve sonrisa y se sentó. A pesar de que era consciente de cada movimiento que hacía, de pronto la sorprendió poniendo la mano sobre su rodilla.

—Estás sangrando —dijo Adam.

Cara miró su pierna y comprobó que había una mancha de sangre seca. Para su sorpresa, Adam se inclinó y le subió el pantalón hasta la rodilla, donde tenía una herida. A Cara no le importó. Estaba más preocupada por el roce de las manos de Adam sobre su piel.

—¿No sabías que te habías hecho una herida? —preguntó él, arqueando las cejas preocupado.

Cara se encogió de hombros. Le dolía todo el cuerpo y no le había dado importancia al dolor que había sentido. Era uno más de los golpes que se había dado aquel día y que con toda probabilidad tendrían peor aspecto al día siguiente.

—Espera —dijo marchándose a por el botiquín de primeros auxilios del autobús que estaba junto al conductor.

Cuando volvió Cara intentó que se lo diera, pero él la ignoró.

—No, no hace falta —insistió Cara, tratando de enderezarse en su asiento—. Puedo hacerlo yo sola.

Adam la miró con severidad para hacerla callar. Cara sintió un escalofrío.

—No voy a dejarte tocar esta herida con esas manos tan sucias.

Era cierto. Cara no se había dado cuenta de lo sucia que estaba. Tenía barro por todo el cuerpo, incluso en la boca. Debía tener un aspecto horroroso.

Adam comenzó a aplicar antiséptico con una gasa y Cara sintió un fuerte dolor en la herida que le hizo olvidarse de su aspecto.

—¡Ay! —gritó.

Adam la miró y puso una mano sobre el muslo de Cara.

—¿Te estoy haciendo daño? —preguntó enarcando las cejas.

Tuvo que tragar saliva. El calor de su mano sobre su muslo la reconfortaba y le hacía olvidarse del dolor.

—No. Está bien —dijo ella negando con la cabeza.

Adam la miró a los ojos. No la había creído y quería asegurarse de que no le hacía daño—. De verdad, Adam, es sólo que me escuece.

Él continuó limpiándole la herida, pasándole suavemente un algodón por la rodilla. Era extraño verlo moverse tan delicadamente y mostrarse tan atento. Se sentía turbada por el cálido roce de sus dedos, que le habían hecho olvidarse del dolor de la herida.

Pero aquello no estaba bien. Lo último

que necesitaba era distraerse con aquellos pensamientos cuando tenía que concentrarse en su trabajo, tal y como le había aconsejado Maya.

Observó el rostro de Adam. Estaba totalmente concentrado en lo que estaba haciendo. Parecía no haber nada más en el mundo para él que su rodilla. Nunca antes había conocido a nadie que pudiera concentrarse tanto en lo que hacía. Sin embargo, ella siempre estaba pensando en varias cosas a la vez.

A continuación, Adam sacó una venda y la colocó con mucho cuidado sobre la herida. Su mirada se encontró con la suya. Tenía una expresión de orgullo por la tarea llevada a cabo. No le quedaba más remedio que sonreírle.

—Gracias, Adam. Ha sido muy amable por tu parte, aunque no hacía falta.

—Ninguno de los dos quiere que te quede una cicatriz, ¿verdad?

Cara levantó una ceja, tratando de disimular la sensación que le producía tenerlo tan cerca.

—¿No estarás tratando de seducirme, verdad? —preguntó en tono jocoso.

La sonrisa de Adam se hizo más amplia.

—¿Y qué si lo estoy haciendo?

Aquella pregunta la desconcertó. Ella

misma la había provocado y tenía que hacer algo cuanto antes para que la situación no se le fuera de las manos.

—Pues será mejor que dejes de hacerlo.

Adam se quedó sonriendo y sus manos empezaron a recorrer las piernas de Cara.

—¿No te gusta divertirte? —preguntó él, deteniendo el movimiento de sus manos.

Sus ojos se encontraron y mantuvieron la mirada. Cara deseaba retirarla, pero sabía que no debía hacerlo. No podía mostrarse intimidada y menos por aquel hombre, por muy atractivo que fuera. Ese trabajo lo era todo para ella y nada ni nadie iba a ponerlo en peligro.

De repente el autobús aminoró la velocidad.

—Ya hemos llegado —anunció Jeff—. Ahora nos espera una ducha caliente y una buena cena.

Cara y Adam continuaron mirándose hasta que él parpadeó. Lo hizo lentamente, pero fue suficiente para romper la tensión del momento. Retiró sus manos de las piernas de Cara. Mientras los demás salían del autobús, ella se quedó dudando si los momentos previos habían sido fruto de su imaginación. Sentía frío y calor al mismo tiempo y le costaba respirar.

Decidió que disfrutaría de la ducha

caliente y de la cena en la soledad de su habitación.

Al día siguiente, Cara pasó la mañana siguiendo a Chris y a las chicas a través del zoo de Melbourne, tratando de que las concursantes no se desperdigaran. Así que por la tarde, decidió ponerse un biquini y pasar un rato de tranquilidad en la piscina.

Tras darse un chapuzón en el agua, volvió a su hamaca y se extendió loción solar por todo el cuerpo. A continuación, se colocó un gran sombrero y se tumbó al sol boca arriba, observando la forma de las nubes. Las ramas de las palmeras se agitaban con la brisa.

La noche anterior había sido la primera vez que no pasaba la noche del sábado con sus amigas. Se había convertido en una tradición para ellas. Durante el tiempo en que su amiga Kelly había estado de luna de miel, Gracie y ella se habían reunido en su casa para tomar unas copas y hablar. Si hubiera podido hacerlo la noche anterior, habría pedido consejo a sus amigas. Había pasado la noche en vela dando vueltas en la cama. Aunque conociendo a Gracie, era mejor no hablar con ella hasta que el programa se grabara.

¿Cómo habría podido hablarle de lo que

le preocupaba? «He conocido a un hombre. No sé mucho sobre él, sólo que es rico, que le gusta salir con modelos, que tiene unos impresionantes ojos azules que me atraviesan cada vez que me observan y unas manos que hacen que me sonroje sólo de pensar en ellas. Me mira bastante y se mostró muy preocupado cuando creyó que me había herido».

Si contaba todo eso a Gracie no dejaría de hacerle preguntas durante días. Era mejor que esa semana no se hubieran visto. En su lugar, había pasado la tarde leyendo un libro que había tomado prestado de la biblioteca del hotel.

—¿Está ocupada esta hamaca? —dijo una voz profunda y familiar, haciéndola regresar de sus pensamientos.

Abrió un ojo y vio a Adam mirándola por encima de sus oscuras gafas de sol.

—¿Qué pasaría si así fuera?

—Imagino que alguien habría dejado una toalla para que los demás supiéramos que estaba ocupada.

Al ver la pícara sonrisa del rostro de Adam, Cara sintió deseos de cubrirse con una toalla. Incómoda bajo su mirada, le hizo un gesto para que se sentara.

—Es toda tuya. Yo ya me iba.

Cara se incorporó y comenzó a recoger

sus cosas. Adam puso una mano sobre su hombro para detenerla.

—No, no te ibas. Quédate. Te prometo que no te molestaré.

Tras unos segundos, Cara volvió a tumbarse, para deshacerse así del roce de su mano. Adam tomó la toalla que llevaba al hombro y la extendió sobre la hamaca. En ese momento, ella se percató de que llevaba un pequeño bañador. Haciendo un esfuerzo desvió la mirada de aquella visión. Pero cuando él se levantó para darse un baño en la piscina, Cara volvió a mirarlo. Era todo un hombre: alto, musculoso, fuerte y bronceado. Impresionante. No era de extrañar que saliera con modelos. Cualquier otra mujer a su lado, habría parecido insignificante.

Adam se tiró de cabeza a la piscina y comenzó a nadar de un extremo a otro. Cara dejó de mirarlo y decidió ponerse a leer su libro.

—No puedo creerlo —dijo Adam media hora más tarde.

Cara cerró su libro y lo miró. Estaba de pie junto a ella, mojado, con el pelo hacia atrás. Sus ojos azules brillaban con intensidad. De pronto Cara se dio cuenta de que le había dicho algo y no lo había escuchado.

—¿Cómo dices?

—Ese libro que estás leyendo —dijo Adam señalándolo—. ¿De dónde lo has sacado?

—¡Ah! —exclamó Cara y se quedó unos instantes mirando la portada del libro antes de continuar. Se titulaba *Tres generaciones de Tyler*—. De la librería del hotel.

—Apuesto algo a que ese libro se lo dejó algún huésped olvidado.

—Puede ser —dijo ella sonriendo.

Adam agitó la cabeza para sacudirse el exceso de agua del pelo.

—¿Por qué estás leyendo esa basura? —preguntó él. Tomó la toalla y comenzó a secarse.

Cara se sintió incómoda al verlo, pero a la vez deseó que no terminara nunca.

—No sé. Tan sólo me apetecía leer un rato en mi tarde libre.

Adam dejó de secarse, extendió la toalla sobre la hamaca y se tumbó. Giró la cabeza y la miró.

—¿Y qué tal está el libro?

—El tema es interesante y además es ligero de leer.

—Eso me han dicho.

—Siendo la historia de tu familia, imagino que lo habrás leído.

—Por supuesto que no.

—¿Por qué no? Hay Capítulo s muy interesantes. Por ejemplo éste: «El hijo y heredero». Ése eres tú —dijo Cara y Adam sonrió. Ella continuó leyendo—: *Marcado por los numerosos matrimonios y relaciones extraconyugales de su padre, el joven Adam Tyler enseguida quiso diferenciarse de su padre. Prefirió no casarse y mantener su fortuna intacta. Aun así, ha tenido numerosos romances con atractivas mujeres* —Cara bajó el libro y lo miró—. ¿Ves? No soy la única que piensa que sientes devoción por las rubias explosivas.

Adam había fijado su mirada en algún punto del cielo y apretaba la mandíbula. Ahora entendía por qué era tan protector con Chris. Y con él mismo. ¿Tendrían los numerosos matrimonios de su padre algo que ver con el hecho de que nunca se hubiera comprometido con una mujer?

—Dámelo —dijo Adam en tono autoritario, tratando de arrancar el libro de las manos de Cara. Pero ella fue más rápida y lo evitó.

Adam se levantó de un salto y Cara hizo lo mismo rápidamente, a la vez que se le caía el sombrero y sus rizos quedaban sueltos. Se quedaron de pie, uno frente a otro y Cara apretó el libro contra sí. Una hamaca los separaba.

—Dámelo —le ordenó Adam.

—Y si no, ¿qué harás? ¿Me tirarás a la piscina?

Adam lanzó una rápida mirada hacia la piscina y volvió a mirarla con una sonrisa traviesa, que le habría provocado un vuelco en el estómago, de no haber sido porque se le había disparado la adrenalina.

—No me tientes —dijo con voz seductora—. Dame ese libro y te dejaré en paz.

—¡No! —exclamó Cara. Su pulso se estaba acelerando.

—Está bien.

Su cuerpo temblaba por el exceso de adrenalina. Estaba de pie, con el pelo revuelto y los brazos cruzados sujetando fuertemente el libro contra su pecho. No tenía ni idea de lo que se le estaría pasando por la cabeza, pero aun así, decidió permanecer quieta. La mirada de Adam siguió bajando y de pronto se detuvo a la altura de la herida, que el día anterior tan cuidadosamente le había curado. Un poco más arriba, había aparecido un hematoma. Se puso serio y comenzó a rodear la hamaca que los separaba. Ella apretó con más fuerza el libro, mientras él se acercaba a ella.

—Cara, no seas ridícula. No voy a tirarte a la piscina. Tan sólo deja que te eche un vistazo. Ese hematoma tiene mal aspecto. ¿Te lo ha visto un médico? —dijo Adam. Ella negó con la cabeza. Adam alargó la mano para tocar su pierna y ella dio un paso atrás para evitar que sus dedos recorrieran su piel y la hicieran estremecer—. No me dirás que Jeff no te permite visitar a un médico —gruñó—. Si no viene inmediatamente un médico, voy a tener que hacer algo.

—Adam, por favor —dijo Cara tomándolo por el brazo—. Estoy bien. Es sólo un cardenal. Es lógico después de las caídas del partido de ayer. Aunque tenga mal aspecto, no te preocupes, no me duele.

Adam se quedó unos instantes mirando su muslo. Su mirada escrutadora la hizo sentir incómoda. Cara deseaba tener algo con lo que cubrir sus piernas desnudas. Adam estaba totalmente concentrado en analizar el aspecto de su hematoma. Cara lo tomó por la barbilla y lo obligó a mirarla a los ojos.

—Adam, estoy bien, ¿de acuerdo?

Después de unos segundos que se hicieron interminables, él negó con la cabeza y Cara sintió en sus dedos el cosquilleo de su incipiente barba. Deseó acariciar sus mejillas y retiró su mano. Adam la agarró por la muñeca antes de que la quitara y la atrajo hacia sí. Sus caderas se aproximaron. Cara sentía la firmeza de su pecho contra el suyo. Sus respiraciones se acompasaron.

Aquel hombre tan atractivo estaba aproximándose a ella. Pero cuando estaba a punto de besarla, agarró el libro y se lo quitó de las manos. Rápidamente, él dio un paso atrás y se puso al otro lado de la hamaca, lejos de su alcance. Tomó su toalla y se la echó al hombro.

—Has tenido suerte, Cara. La próxima vez no habrá nada que me detenga.

Contrariada, ella se quedó observando cómo se alejaba. No sabía lo que había querido decir con su comentario. No sabía si se había referido al beso que no se habían llegado a dar o a que al final no la había tirado a la piscina. Fuera lo que fuese lo que había querido decir, por esta vez se había librado.

Capítulo siete

EL LUNES, durante la visita al parque Luna, Cara pudo hacer su trabajo tranquilamente ya que Adam no apareció. Chris le había dicho que se había quedado atendiendo unas llamadas y Cara se alegró de que pudiera concentrarse en su trabajo sin ninguna distracción.

Pero por la noche, no tuvo tanta suerte. Adam se fue con ellos en la limusina y tuvo que esforzarse para comportarse con naturalidad, a pesar de que sus latidos se aceleraban cada vez que su mirada se cruzaba con la de Adam.

—¿Qué tal lo llevas? —preguntó Cara a Chris.

—Bastante bien.

—Magnífico —dijo dándole suaves palmaditas en la rodilla—. Vas muy bien. ¿Sabes lo que te espera esta noche?

—Karaoke —contestó haciendo una mueca.

—Imagino por tu expresión que no se te da bien cantar, ¿me equivoco?

—En absoluto. Ni siquiera canto en la ducha.

—Tómatelo como un reto. —Me pongo nervioso sólo de ver un micrófono delante de mí. Por eso Adam se ocupa del departamento de relaciones públicas de *Revolution Wireless*. Él es capaz de hacer cualquier cosa en público.

Con aquel comentario, la imaginación de Cara comenzó a volar y trató de concentrarse en Chris.

—La mayoría de las personas se pone sus propios límites, sus propias barreras. Pero tú tienes la oportunidad de probar cosas nuevas, de superar retos. Ése es un privilegio que tienes que aprovechar. Si yo fuera tú saldría ahí fuera y cantaría lo mejor que pudiera.

Se quedaron en silencio y Cara se preguntó si habría logrado convencerlo. Chris permaneció pensativo el resto del trayecto. Pero cuando llegaron a su destino, parecía más animado.

—Ha sido un buen discurso —dijo Adam mientras ayudaba a Cara a bajar del coche.

—Gracias —repuso ella mientras retiraba la mano.

—¿Qué harías tú en su lugar? —preguntó él.

—Esconderme en el baño toda la noche. Sin duda alguna.

Adam rompió a reír. Era una risa fresca y contagiosa.

—No es mala idea. Pero creo que has conseguido animarlo.

Cara se encogió de hombros.

—Es parte de mi trabajo. Tengo que conseguir que se convierta en el personaje que los productores buscan. Y lo que buscan es una persona que salga ahí fuera y lo pase bien.

—¿Por eso lo has animado? ¿Por el bien del programa?

—Más o menos.

—Pues lo has hecho muy bien —dijo Adam, pasándole un brazo por la cintura—. Tienes un gran estilo, señorita Marlowe —añadió y se alejó de ella.

Cara se quedó mirando cómo entraba en la sala de espectáculos. Se sentía ridícula. Todo su cuerpo temblaba. Aquel breve momento de intimidad entre ellos había hecho que todos los músculos de su cuerpo se tensaran. Y lo más curioso de todo es que lo había hecho con tanta naturalidad que no parecía que estuviera flirteando con ella.

Había hecho referencia a su estilo, pero no de la manera jocosa en que solían hacerlo sus amigos. Lo había dicho como un cumplido y él no era el tipo de personas que repartía cumplidos gratuitamente. Le había hablado con la confianza con la que se hablan dos amigos. Sin pretenderlo, se estaba convirtiendo en amiga de un hombre que no conocía el significado de la palabra amistad.

Pero Cara estaba segura de que las intenciones de Adam no eran sólo de amistad ya que conocía sus antecedentes. Probablemente la viera como una víctima fácil de caer rendida ante sus encantos. No podía negar que la idea le gustaba, pero sabía que corría el riesgo de salir herida. Adam conseguía sacarla de quicio y eso tenía que servirle de advertencia para no llegar más lejos con él por el bien de su trabajo y de su corazón. Tenía que tener cuidado si no quería que la relación con él se le fuera de las manos.

Cuando Cara entró en la discoteca, el espectáculo había comenzado. Miró a su alrededor y vio a Adam. Había una silla libre en su mesa y decidió dirigirse hacia donde estaba él como solía hacer últimamente. Decidió dejar sus pensamientos para más tarde y disfrutar de su compañía en la oscuridad del local. Llegó hasta él y se sentó a su lado. Le sonrió y él le devolvió la sonrisa. Y en la oscuridad de aquel sitio, sintió que el corazón le daba un vuelco.

Un par de horas más tarde, la fiesta estaba en pleno apogeo. Después de disfrutar de una cena japonesa, llegó la hora del karaoke.

En medio del escenario, esperaba el micrófono bajo un potente foco.

—Allá vamos —susurró Cara cerrando los puños con fuerza.

Adam la vio y alargó una mano para tranquilizarla. Trató de entrelazar sus dedos, pero era evidente que cada vez estaba más nerviosa. Estaba realmente preocupada por Chris. Comenzó a acariciar suavemente su mano hasta que le pareció que se tranquilizaba.

Tenía razones para reconfortarla y hacer que se sintiera bien. Debía ser amable con ella por el bien de Chris y de su compañía de telecomunicaciones. Pero a pesar de estar convencido de ello, la idea le parecía ridícula.

Se preocupaba por hacerla sentir bien cada vez que estaban en la misma habitación. Pero era sólo por el bien de la compañía. ¿A quién pretendía engañar con aquel pensamiento? El único motivo por el que estaba pendiente de ella a todas horas era porque se sentía atraído por ella.

Quería estar donde ella estuviera. Y no sólo porque ella fuera siempre el alma de la fiesta o porque sintiera unos irresistibles deseos de acariciarla cada vez que tenía la oportunidad de hacerlo. Sentía la necesidad de protegerla y ésa era la peor de las razones que podía tener.

Soltó su mano y se levantó echando hacia atrás la silla ruidosamente, lo que hizo que gran parte del equipo de televisión se girara para mirarlo.

—¿Adónde vas? —preguntó Cara en voz baja.

El tono de preocupación de su suave y femenina voz le provocó un nudo en el estómago.

No supo qué contestar, así que se dirigió a la puerta en busca de aire fresco y salió a la calle. Necesitaba olvidar el aroma de su perfume, que lo había impregnado desde el momento en que se había subido al coche.

Se sentía embriagado. No encontraba ninguna otra explicación a la sensación que invadía su cuerpo y su mente. No tenía sentido que las cosas fueran más lejos.

—Estás haciendo el tonto —se dijo en voz alta—. Tienes que controlarte. Dentro de diez días todo habrá acabado y volveré a mi vida de siempre, con mujeres más sofisticadas que ella deseando pillarme.

Cara se quedó intranquila en la sala de espectáculos. Deseaba salir corriendo tras Adam, pero sabía que Chris necesitaba que lo apoyara con su presencia.

Después de varias canciones, Chris se

acercó a Maggie y le pidió que cantara con él. Estaba tan pálida como lo había estado él en el coche y había pasado toda la noche nerviosa sentada en su silla sin moverse, mientras las otras chicas habían estado cantando y bailando alrededor de Chris.

—Venga, Maggie —insistió Chris—. Tienes que intentarlo. Ya verás como no lo haces tan mal.

Cara vio como Chris animaba a Maggie con una tierna sonrisa. Su rostro transmitía confianza y reflejaba un brillo especial. Era evidente que quería tranquilizar a aquella chica y compartir la vergüenza que él mismo estaba sintiendo.

La tomó de la mano y la llevó hasta el micrófono.

—Elige la canción que más te guste —la animó.

Maggie sacudió la cabeza, haciendo agitar su melena rubia sobre sus hombros. Sus grandes ojos azules estaban abiertos como platos, pero se la veía segura de la mano de Chris. Él transmitía más seguridad y calma que al principio de la noche. Tomó el micrófono, se lo puso en las manos a Maggie y se sentó con el resto de las chicas.

Los primeros compases comenzaron a sonar y Maggie miró al público. Cara se fue hacia una de las cámaras y entonces la chica la miró e hizo un leve gesto al reconocerla. Cara la miró con una abierta sonrisa y le hizo una señal para indicarle que todo iba bien. Maggie le devolvió la sonrisa.

—Creo que no me queda más remedio que cantar —dijo la chica desde el micrófono.

Cara contempló a Chris que sonreía orgulloso a Maggie. A pesar de que el resto de las chicas había hecho lo posible por captar su atención, él sólo tenía ojos para la que estaba en el escenario.

La chica comenzó a cantar. De vez en cuando dirigía la mirada hacia Chris, que la escuchaba atentamente. Cuando terminó, todo el mundo aplaudió entusiasmado incluyendo a los miembros del equipo de televisión y Maggie se abrazó satisfecha a Chris.

Cara miró a su alrededor y comprobó que Adam había regresado. Se había quedado junto a la entrada, con los brazos cruzados y expresión de fastidio. Era el único de los presentes que no sonreía. Cara se quedó observándolo atentamente y preguntándose la razón que tendría para estar tan serio. De pronto, sus miradas se encontraron y fue en ese instante cuando supo que su actitud tenía algo que ver con ella.

Se le hizo un nudo en el estómago. La miraba como el león mira a su presa cuando está a punto de atacarla. Comenzaron a temblarle las piernas. Sentía que la tensión se estaba apoderando del resto de su cuerpo. Cuando comenzó a sonar la siguiente canción, Cara se giró y mantuvo la mirada clavada en el escenario durante el resto de las actuaciones.

El martes por la mañana, fueron al hipódromo. Cara observaba desde las gradas el avance de la carrera. Estaba situada a la altura de la línea de salida y sujetaba fuertemente entre sus manos el boleto de la apuesta que acababa de hacer. Con la otra mano, se protegía los ojos de los rayos de sol. A pesar del gran sombrero que llevaba puesto, sabía que no iba a ser suficiente para protegerse del sol y que acabaría llenándosele la cara de pecas antes de que acabara el día.

—Venga número ocho, corre —gritó Cara, tratando de seguir el desarrollo de la carrera entre la multitud.

—Vamos, caballito, tienes que ganar —añadió Jeff que estaba junto a ella gritando como un loco.

Unos minutos más tarde, las esperanzas de Cara de ganar se desvanecieron. El caballo número ocho llegó a la meta entre los últimos.

—Bueno —dijo Jeff—. Al menos esta vez

el caballo por el que hemos apostado no ha llegado el último. Vamos mejorando.

—Claro que sí —dijo Cara—. La suerte empieza a estar de nuestro lado.

De pronto, Jeff se llevó la mano al oído y Cara supo que estaba recibiendo un mensaje por el intercomunicador.

—Me avisan de que las chicas acaban de llegar. ¿Está listo Chris?

—Iré a asegurarme —respondió Cara y se dirigió a la caravana donde esperaba Chris.

—¿Qué tal estás? —dijo a modo de saludo entrando en la caravana.

Chris se giró en su asiento y se sintió más tranquilo al verla. Ella se acercó hasta él e inclinándose, le dio un cariñoso beso en la mejilla.

—Bien.

—¿Sólo bien? Tienes un aspecto fantástico —añadió Cara—. Esas chicas van a caerse de espaldas en cuanto te vean.

Cara le ajustó el nudo de la corbata y le guiñó un ojo a través del espejo en señal de aprobación. A continuación dio unos pasos atrás para asegurarse de su aspecto. Cuando retiró la mirada de Chris, comprobó que no estaban solos. Rápidamente se giró y miró al hombre que estaba sentado en el rincón.

—¡Adam! No te había visto.

—Eso es lo que le gusta —dijo Chris—. Prefiere pasar inadvertido y observarnos a todos desde su silencio. ¿Me equivoco, Adam?

—No seré yo quien lo niegue.

—Me sorprende —dijo Cara dirigiéndose hacia Chris e ignorando a Adam—. Yo hubiera pensado que era un hombre atrevido, al que le gustaba ser el centro de atención.

—Deja que te diga que le gusta atraer la atención de las mujeres, pero nunca consigue retenerlas el tiempo suficiente para llegar a conocerlas.

—¿Por qué crees que será eso?

Cara advirtió que Adam estaba cada vez más tenso. Era evidente que estaba deseando que se callaran, pero no estaba dispuesto a intervenir.

—Yo creo que es él mismo el que no quiere tenerlas a su lado durante demasiado tiempo —respondió Chris—. Nuestro amigo Adam es un soltero empedernido.

Cara recordó uno de los detalles que se recogían en el libro que había tomado prestado de la biblioteca del hotel y que Adam le había quitado. Sus padres se habían divorciado siendo un niño y su padre había tenido muchas amantes a lo largo de toda su vida. Aquélla debía de ser la razón por la que

Adam no creía en las relaciones duraderas.

La furia con la que los ojos de Adam la miraban se estaba haciendo insoportable para Cara, así que decidió cambiar el tema de conversación.

—Tú eres diferente, ¿verdad, Chris?

—Completamente. Estoy deseando encontrar el amor —contestó y mirándola, añadió—. ¿Hay algún hombre en tu vida? ¿Alguien que esté deseando que vuelvas a su lado?

Cara percibió que Adam se agitaba en su asiento, mostrándose repentinamente interesado en la conversación. Estaba inclinado hacia delante, apoyando los codos sobre las rodillas. Estaba ansioso por saber la respuesta.

—No, no hay nadie.

—¿De verás? Es una pena. Una mujer como tú podría hacer feliz a cualquier hombre. ¿No te parece, Adam?

—Quizá no soy como tú crees —intervino Cara para evitar que Adam contestara—. Además tengo claro lo que quiero hacer en el futuro y no quiero que nada ni nadie se interponga en mis planes.

—¿Qué planes son esos para tener que rechazar un posible amor?

—Quizá lo que Cara quiere es presentarse a un concurso de belleza —opinó Adam.

Cara lo miró con gesto de severidad y decidió poner punto final a aquella conversación.

—Ya está bien de hablar —dijo Cara—. Es hora de volver a la grabación.

Se acercó hasta Chris, le alisó la chaqueta con las manos, le atusó el pelo y le colocó una flor en el ojal.

Chris la miró sonriente. De pronto, se abrió la puerta de la caravana y Jeff asomó la cabeza.

—¿Preparados?

Cara puso las manos en los hombros de Chris y lo empujó suavemente hacia la puerta. Una vez fuera, Chris desapareció entre los miembros del equipo de grabación, que rápidamente se lo llevaron.

Adam se aproximó a Cara.

—Parece que nos hemos vuelto a quedar solos otra vez.

Cara se encogió de hombros. Sentía que los músculos de su cuerpo se tensaban como le ocurría cada vez que lo tenía cerca. Había tratado de darle a entender que no quería una relación seria en aquel momento, pero no sabía si él habría captado el mensaje. Lo mejor que podía hacer era ser amable y tratarlo como a un amigo más, al igual que hacía con Chris y con Jeff.

—Eso parece —dijo Cara tomándolo del

brazo—. No tenemos más remedio que acostumbrarnos. Para empezar, invítame a tomar algo. Estamos en el hipódromo y hace un día maravilloso. Vayamos a disfrutar ahí fuera.

Por fin, la fría expresión de Adam desapareció y Cara le dirigió una amplia sonrisa.

—Estoy de acuerdo, socia —dijo él devolviéndole la sonrisa—. Va a ser un día fantástico.

Comenzó la Copa de Melbourne y la atención de todo el país se centró en las carreras de hípica. Era como si el mundo se hubiera detenido. Todos los australianos solían dejar lo que estaban haciendo y encender sus televisores o radios para seguir las carreras.

Todos menos Adam, cuyos ojos continuaron pegados a la espalda de la mujer que tenía delante de él y que no dejaba de dar saltos enloquecida en medio de la multitud.

Estaba seguro de que cuando Cara había dicho que no estaba buscando un amor, el mensaje iba destinado a él. Era evidente que ella trataba de mantener un trato profesional con él, aunque se había dado cuenta de que se estremecía cada vez que se quedaban a solas. Y aquello quería decir algo, estaba seguro.

Pero, ¿cuál era el problema? El problema era que Adam sentía una atracción por ella tan fuerte que era como si una cuerda se tensara entre ellos acercándolos cada vez más. Pero a la vez, se sentía a kilómetros de distancia de ella. Se había convertido en una gran compañera para los miembros del equipo de grabación y en un gran apoyo para Chris. Con las chicas se llevaba muy bien y se entendía a la perfección con Jeff. Pero con él era distante y no podía seguir soportando que ella lo ignorara.

Los caballos recorrían los últimos metros y los gritos se hicieron cada vez más intensos a su alrededor. Adam no prestaba atención a la carrera. Lo único que deseaba era llevarla hasta la caravana y tenerla para él sólo. Esperaba que se diera la vuelta, que lo mirara, que le sonriera. Pero no lo hizo. Saltaba eufórica mientras no perdía detalle de la carrera.

—¡Bien! —gritó Cara, sacándolo de sus pensamientos—. ¡Por fin he ganado algo! En la vida he ganado nada, ni siquiera en las rifas del colegio.

Abriéndose camino entre la multitud, Cara se dirigió a él y se lanzó en sus brazos. Por fin la tenía entre sus brazos, pero no sabía cómo reaccionar. Su cuerpo era frágil y cálido. Se sentía abrumado.

—¿Cuánto has ganado? —le preguntó Adam cuando dejó de saltar.

Cara se puso de puntillas y miró los resultados en la pantalla.

—He ganado... doce dólares y quince centavos.

—¿Eso es todo? —preguntó Adam después de unos segundos.

—La apuesta era de cincuenta centavos.

—Y con tan poco dinero, ¿te pones así de contenta?

—Me hace mucha ilusión ganar algo.

Adam miró su rostro sonriente. Cara había dejado una mano detrás de su nuca y acariciaba sus rizos. Con la otra agarraba el cuello de su camisa. Percibió el suave aroma de su perfume y de pronto lo vio todo claro. Aquél era un instante que merecía ser recordado y Adam se quedó en silencio grabándolo en su memoria.

El deseo de besarla era superior a sus fuerzas. Su rostro resplandeciente, su cálido y menudo cuerpo, el dulce olor a champán de su aliento... Toda ella era deseable y Adam sintió que su cabeza comenzaba a darle vueltas. Comenzó a acercar su cabeza a la de Cara, pero antes de que sus labios se rozaran, Jeff apareció.

—Ven aquí, campeona. Necesito que me contagies algo de tu suerte. Tienes que decirme quién crees que va a ganar en la próxima carrera.

Cara miró sonriente a Adam mientras Jeff tiraba de ella.

Era la segunda vez que habían estado a punto de besarse, aunque lo había deseado muchas más. ¿Qué demonios le estaba pasando? Siempre que había deseado a una mujer, no había parado hasta conseguirla. Sabía que lo deseaba tanto como él a ella. Lo había visto en sus expresivos ojos verdes, a pesar de que Cara trataba de resistirse. ¿Qué le impedía conseguir lo que quería?

Era completamente distinta al tipo de mujeres que a su padre le gustaba. Prefería llevar una flor antes que una ostentosa joya y estaba seguro que los reflejos de su pelo eran naturales, así como sus rizos.

Siempre se había mantenido distante en sus relaciones con las mujeres. Con cada paso que había dado en su carrera profesional, había levantado un nuevo muro alrededor de su corazón. Pero esta vez, deseaba que todo fuera distinto.

Se metió las manos en los bolsillos de su pantalón y aspiró profundo.

Capítulo ocho

TODOS los miembros del equipo de televisión terminaron el día en la suite de Chris bailando la conga.

—¡Tres hurras por la campeona! —gritó Chris.

—Gracias a todos —comenzó a decir Cara, divertida, a modo de discurso—. Quiero que sepáis que destinaré mis doce dólares con quince centavos a una gran causa. El dinero no me va a hacer cambiar. Para mí seguiréis siendo tan insignificantes como siempre lo habéis sido —y riendo se dejó caer sobre el sofá—. Aunque ahora que lo pienso, doce dólares y quince centavos no es que sea una fortuna.

Adam, sentado a la mesa del comedor, contemplaba la escena alejado del bullicioso grupo.

—Eso es cierto —dijo Chris sonriente—. No creo que fuera suficiente para pagar el préstamo que pediste en la universidad.

—Eso está pagado —dijo Cara haciendo un gesto con la mano.

—¿De verdad? —preguntó Chris. Era evidente que el champán comenzaba a hacer efectos—. ¿Qué me dices del crédito del coche?

Aquello interesó a Adam.

—También está pagado.

—A ver déjame pensar. ¿Y la hipoteca de tu casa?

—Casi —respondió Cara y levantando la mano, acercó sus dedos índice y pulgar—. Me queda esto para terminar de pagarla —dijo y cambiando el tono de su voz, añadió—. ¿Sabéis una cosa? Mis padres nunca tuvieron un coche o una casa. Y yo, dentro de una semana cuando me paguen por este trabajo, tendré las dos cosas. No está mal, ¿verdad?

—Nada mal —repuso Chris—. Y todo eso, ¿con cuántos años?

—Estoy a punto de cumplir los veintisiete. Todavía no he creado mi propia compañía como otros, pero todo llegará. He aprendido que aunque doce dólares no sea mucho dinero, cada centavo cuenta.

—Estoy de acuerdo —dijo Chris sacudiendo la cabeza.

Adam se pasó la mano por el pelo, incómodo. Había advertido que la expresión del rostro de Cara había cambiado al hablar de dinero. Estaba dispuesta a conseguir todo lo que quería sin la ayuda de nadie más. Y era precisamente eso lo que le fastidiaba.

¿Cuánto podría ganar con aquel trabajo? ¿Unos cuantos miles de dólares? Eso para él no era nada. Si aquella mujer jugaba bien sus cartas, podría sacar de él lo que quisiera. Pero, ¿por qué no mostraba interés por él? ¿Por qué lo ignoraba?

—De todas formas, no creo que sea yo la única ganadora que hay por aquí —dijo Cara. Se puso de pie, caminó hasta Chris y se sentó en su regazo.

Adam se enderezó en su asiento. Si el asunto del dinero lo había incomodado, el ver de pronto a Cara sentada sobre las piernas de su mejor amigo lo dejó helado. Apretó fuertemente las mandíbulas y trató de contenerse. Se levantó y comenzó a caminar por la habitación.

—Yo diría que nuestro amigo Christopher es el gran campeón —continuó Cara, pellizcando a Chris en ambas mejillas.

Jeff y el resto, que habían estado más preocupados en averiguar el contenido del minibar, volvieron con ellos.

—Aquí tenéis —dijo Jeff entregándoles unas copas, con algún licor de color oscuro.

—¿A qué te refieres? —preguntó Chris a Cara.

—Está claro. Si hay alguien que está consiguiendo lo que quiere, ése eres tú.

—¿Puedo hablar del programa aquí? —

dijo Chris dirigiéndose a Jeff.

—No veo por qué no —dijo Jeff encogiéndose de hombros—. Al fin y al cabo, esto quedará entre nosotros.

—Yo sé quién le gusta a Chris —intervino Cara misteriosa.

Adam paró. Se giró y la miró. De pronto, lo único que le importaba era que aquella conversación terminara cuanto antes para que Cara se levantara del regazo de su amigo.

Cara se inclinó hacia Chris y le dijo algo al oído, haciéndolo sonrojarse. Él la miró con expresión de sorpresa a la vez que satisfecho.

Adam se quedó petrificado. Era evidente que Cara no sólo lo había adivinado sino que su amigo estaba completamente enamorado. Todo aquello lo fastidiaba, pero no había nada que pudiera hacer. Además, se sentía al margen de los demás.

El sonido de la música lo sacó de sus pensamientos. Alguien había encendido el equipo de música y todos comenzaron a cantar a gritos. Cara se puso de pie y arrastró a Chris al centro de la habitación, donde todos se pusieron a bailar.

Cara destacaba en el grupo, no sólo por ser la única mujer, sino por lo bien que bailaba. Su cuerpo se movía con la ligereza de una bailarina, llevando perfectamente el ritmo.

Al rato, la música cambió y comenzó a sonar una canción lenta. Todos se fueron apartando del centro de la habitación, a excepción de Cara y Jeff, que comenzaron a hacer toda una exhibición de baile.

Aquello era más de lo que Adam estaba dispuesto a soportar. Se acercó hasta donde estaban bailando y puso la mano sobre el hombro de Jeff. Éste se giró y tras unos instantes, hizo una leve inclinación con la cabeza y se retiró. Adam tomó a Cara entre sus brazos y comenzaron a bailar.

Sin decir una palabra, ella apoyó el rostro sobre su hombro. Él sentía la vibración de la música en su pecho.

Adam trató de controlarse para no estrecharla contra su cuerpo. Deseaba que no hubiera nadie más en la habitación.

—¿Qué le dijiste a Chris en el oído? —le preguntó.

Cara levantó la cabeza y lo miró.

Estaba preciosa, con aquellas pecas que salpicaban su nariz, sus largas pestañas enmarcando sus preciosos ojos verdes y aquellos sensuales labios que tanto deseaba besar.

—¿Cómo? —dijo con una sonrisa traviesa.

Adam tardó unos segundos en salir de su ensimismamiento.

—Quiero saber qué es lo que le dijiste a Chris.

—¡Ah, eso! —dijo acercándose todavía más a él—. Lo único que le dije fue que me parecía una chica encantadora.

—¿Quién?

—La chica que le hace reír.

—¿Y quién es esa chica?

—No puedo decirlo —dijo Cara separándose y llevándose un dedo a los labios—. Estoy segura de saber de quién se trata, pero no quiero que mi opinión pueda influir sobre Chris. No sería justo. Es él el que tiene que escoger a la chica que le guste.

—Entonces, ¿cómo estás tan segura de que sabes quién le gusta?

Cara enarcó una ceja y sonrió.

—¿De verdad no te has dado cuenta todavía?

—¿Darme cuenta de qué?

—De que ya no está nervioso, de que se le ve relajado y feliz. Si hasta camina más erguido.

Era cierto, pensó Adam, pero había estado más ocupado pensando en otras cosas y no lo había advertido.

—Está bien, tienes razón. ¿Quién es ella? ¿La pelirroja? ¿La rubia que se ríe a carcajadas?

Cara lo golpeó en el pecho y dejó su mano

apoyada justo encima de su corazón. Adam tragó saliva.

—¿Y qué si fuera una de ellas? —preguntó—. Si le hace sonreír y sentirse feliz, ¿qué importa todo lo demás?

—Mientras lo traten bien —dijo y se sorprendió al oírse decir aquello.

—Exacto. Y estoy segura de que ella siente lo mismo por él.

—¿Cómo lo sabes?

Cara lo miró intensamente a los ojos y deslizó la mano hasta tomarlo por la barbilla para acaparar toda su atención.

—Porque es evidente, tonto.

La música había dejado de sonar, la habitación se había quedado vacía y ellos estaban solos. Había estado tan pendiente de ella que no se había dado cuenta de que todos se habían marchado. Incluso Chris había desaparecido y eso que aquélla era su habitación.

—¿Dónde está todo el mundo? —preguntó Cara, dejando caer su mano y soltando la barbilla de Adam.

—Se han ido —contestó él y dejaron de bailar.

—Pero, ¿por qué?

«A lo mejor han pensado que queríamos estar solos», pensó Adam. Deseaba decírselo, pero a lo mejor eso sólo empeoraría las cosas entre ellos.

—No lo sé —acertó a contestar él.

Cara dio un paso atrás, alejándose de Adam. No sabía hacia dónde dirigir la mirada.

—¿Quieres beber algo? —preguntó, aunque sabía cuál sería la respuesta.

Cara negó con la cabeza.

—Será mejor que me vaya —respondió y se llevó una mano al estómago—. Creo que he comido y bebido demasiado. Será mejor que me vaya a dormir.

Se estaba poniendo pálida por momentos.

—Está bien, Cara. Llamaré al servicio de habitaciones para que te suban algo.

—Espero no haberte estropeado la diversión —dijo mirándolo con sus suplicantes ojos verdes.

Adam miró el desorden que había en la habitación y suspiró.

—Buenas noches —dijo acompañándola hasta la puerta—. Que tengas dulces sueños.

Por el modo en que lo miró, Adam supo que él iba a ser el protagonista de sus sueños. Sus brillantes ojos lo miraron con deseo, pero la mano que tenía en el estómago lo detuvo de tomarla entre sus brazos y hacer realidad sus sueños en aquel instante.

Durante los días siguientes, Cara se mantuvo alejada de Adam. No podía dejar de recordar una y otra vez la cálida sensación de la que había disfrutado con la proximidad de sus cuerpos. Se había enterado de que había circulado todo tipo de rumores acerca de lo que habría pasado entre ellos después de que todos abandonaran la habitación de Chris. Pero por suerte él parecía estar muy ocupado con el patrocinio del concurso y apenas acudía a las grabaciones.

Seguramente ya se habría dado cuenta de lo que sentía por él. No podía ni siquiera tratarlo como a un amigo más y menos aún después del modo en que habían bailado. Era mejor mantener la distancia. Eso la ayudaría a calmar sus sentimientos.

El sábado por la noche fueron a visitarla Gracie y Kelly, lo que le produjo una enorme alegría.

—No puedo creer todos los controles de seguridad que hay en este sitio. Creí que incluso iban a hacerme quitar la ropa. No sé qué hubiera sido de nosotras si no llegamos a tener estos pases que nos mandaste —dijo Gracie entrando en la habitación.

—Ni que lo digas —dijo Cara, feliz de volver a ver a sus amigas.

Gracie dio unos pasos por la habitación y volvió junto a la puerta mientras Kelly esperaba junto al umbral.

—Aquí está Kelly recién llegada de su viaje a Fremantle con Simon —anunció Gracie.

—Estás estupenda —dijo Cara después de saludarla con un abrazo.

—Y tú, ¿cómo estás? —preguntó Kelly sonriendo.

—Primero, háblame de tu viaje —dijo Cara tratando de ganar tiempo. No sabía cómo iba a contarle a sus amigas lo que le había ocurrido en los últimos días—. ¿Qué tal lo has pasado en Fremantle?

—Muy bien. Simon tenía que ir por asuntos de trabajo y decidí acompañarlo y así conocer a todos los amigos que hizo cuando vivió allí. Nos hizo un tiempo estupendo y el hotel era fantástico. Ha sido maravilloso.

Gracie levantó las cejas.

—¡La esposa enamorada! Me alegro de que todo vaya tan bien entre vosotros.

—Pero que muy bien —puntualizó Kelly con un suspiro.

—No nos sigas contando las maravillas del matrimonio. Cara, ¿puedes contarnos algo del concurso o sigue siendo secreto?

—Me temo que no puedo decir nada —respondió Cara—. Pero os aseguro que la experiencia está siendo mejor de lo que me esperaba.

—Estoy muy orgullosa de ti —dijo Kelly

mientras Gracie abría el minibar—. Dentro de poco no te acordarás de nosotras. Te saludaremos a tu paso por la alfombra roja y tú nos mirarás, tratando de recordar nuestros nombres, dudando incluso de habernos conocido alguna vez.

Cara hizo callar a Kelly poniendo una mano sobre su boca.

—¡Para ya! —rió Cara—. El trabajo es el mismo que siempre he hecho, lo único que cambia es que las cámaras son las de televisión.

—Y que el sueldo es mejor, no lo olvides.

—Por supuesto —convino Cara, ante la perspectiva de que en unos días acabaría de pagar su apartamento. Eso si antes no la despedían por bailar en público con el responsable del patrocinio del programa.

—No hay mucho donde elegir en el minibar. ¿Por qué no pedimos algo al servicio de habitaciones?

—Había pensado que podíamos bajar al bar del hotel. Estoy cansada de estar en la habitación. Además mis compañeros estarán allí también y podemos pasarlo bien.

—Buena idea —dijo Kelly.

—Pero por favor, sed buenas y no me dejéis en ridículo. Esto es muy importante para mí. Si oís algo del programa, tenéis que mantenerlo en secreto y…

—Vale, te hemos entendido —la interrumpió Kelly—. Nuestros labios están sellados. Además, tengo algo mucho más importante que deciros. Esta noche tenemos algo que celebrar.

—¿El qué? —preguntó Cara.

—Simon y yo vamos a tener un bebé.

Gracie y Cara se abalanzaron sobre Kelly para abrazarla.

—¡Es maravilloso! —exclamó Gracie.

—Me alegro de que hayamos podido reunirnos esta noche. Habría sido capaz de escalar por la fachada si no nos hubieran dejado entrar al hotel. Y no creo que eso hubiera impresionado a Simon.

—A mí tampoco —dijo Cara—. Pero creo que tendrás que olvidarte de eso durante una temporada.

—Y de las bebidas con alcohol —añadió Gracie.

—Pero aun así, tenemos que celebrarlo, chicas —dijo Kelly—. Bajemos al bar. La primera ronda de zumos la pago yo.

—¿Está todo bien? —preguntó Chris apoyándose en el respaldo de su silla mientras cenaban en el restaurante del hotel.

—Así es —dijo Dean asintiendo con la cabeza—. Cualquier información sobre el programa tiene que ser un secreto, nada debe filtrarse antes de tiempo. El precio de las acciones de nuestra compañía está en juego.

Adam se sentía aliviado al volver a hablar de negocios.

—Ya veremos lo qué pasa cuando se emita el concurso. Estoy seguro de que el valor de las acciones subirá.

—¿De verdad creéis que los demás socios no creerán que me he vuelto loco? —preguntó Chris.

—El patrocinio del programa, además de tu locura, nos va a hacer ganar mucho dinero.

De pronto, el sonido de unas risas femeninas llamó la atención de los tres. Provenían de tres jóvenes que en aquel momento salían del ascensor en dirección al bar del hotel.

Adam se quedó petrificado al ver que una de ellas era Cara. Estaba muy atractiva con una camisa blanca sin mangas y una estrecha falda negra que resaltaba cada curva de su cuerpo. Además, llevaba los zapatos rojos que le hacían caminar de aquella manera tan seductora. Llevaba el pelo liso y recogido en una coleta. Adam sintió que la tranquilidad de la que había disfrutado hasta hacía escasos segundos desaparecía.

—Dime que son algunas de las concursantes y te apoyaré diga Adam lo que diga —dijo Dean.

Chris rió.

—Lo siento, Dean. Mira, la más alta es mi estilista en el programa y a las otras dos no las conozco. ¿Quieres que las llame?

—No, déjalas —empezó a decir Adam, pero ya era demasiado tarde. Chris se había puesto de pie y agitaba su mano llamando su atención.

—¡Cara!

Ella miró y sonrió. Adam sintió que el corazón se le detenía y se puso de pie al ver que se acercaba con sus amigas.

—¿Queréis sentaros con nosotros? —preguntó Chris.

—Tres chicas y tres chicos. Esto podría llamar a problemas —dijo una de las amigas de Cara, una llamativa morena vestida con un estrecho vestido rojo. La otra le dio un codazo sin dejar de sonreír.

—Buenas noches, Chris —dijo Cara, dándole un cariñoso abrazo—. Y tú debes ser Dean —añadió alargando la mano para estrechársela.

Adam miró como su amigo la saludaba ensimismado.

—Hola Adam —dijo Cara inclinándose para darle un rápido beso en la mejilla.

Cerró los ojos disfrutando del suave roce

de su mejilla contra la suya, de su dulce perfume y de la calidez de su mano apoyada en su hombro. Cuando volvió a abrirlos, vio que ella también los tenía cerrados. De repente los abrió y parpadeó rápidamente tratando de acostumbrarse de nuevo a la luz. Sus verdes ojos brillaban de un modo especial. Se separó de él y fue a refugiarse junto a sus amigas a las que presentó a continuación.

—Ella es Gracie Lane —dijo—. Trabaja como crupier en el casino.

Adam se sorprendió al ver como Dean se mostraba presuroso para estrechar su mano.

—Hola a todos —dijo Gracie y girándose hacia Adam, añadió—. ¿Eres Adam Tyler, verdad?

Adam afirmó con la cabeza.

—El mismo.

—¡Mira! —dijo Gracie agarrando fuertemente el brazo de la otra amiga—. Este hombre ha aparecido cientos de veces en las páginas de la revista *Fresh.* Cambia de chica más que de corbata.

Gracie miró fijamente a Adam y se quedó a la espera de una respuesta a su comentario. Pero Adam no dijo nada.

—Gracie, si has acabado... —intervino Cara.

—Creo que de momento sí he acabado. Va a ser una noche muy interesante.

Adam advirtió que Cara se había ruborizado. Aquellas amigas eran más extrovertidas que ella y hablaban más de lo necesario. Estaba de acuerdo con Gracie en que iba a ser una noche muy interesante.

—Ella es Kelly Coleman —dijo Cara—. Desde que volvió de su luna de miel hace unos meses, se ocupa de escribir la columna más leída de *Fresh*.

—Y no sólo está casada. También está embarazada —añadió Gracie.

Cara y Kelly le dirigieron una seria mirada para hacerla callar.

—Chicas, tan sólo quería compartir nuestra alegría y poder festejarlo abiertamente.

—Eres incapaz de guardar un secreto, Gracie —dijo Kelly.

—Dean, ¿por qué no consigues una mesa para todos? —propuso Adam una vez hechas las presentaciones —. Y tú, Chris, consíguenos unas bebidas.

—Zumo de manzana —dijo Cara.

—Muy bien —dijo Dean con una sonrisa—. Pediremos todos lo mismo.

Una vez les prepararon la mesa, tomaron asiento. Cara se las arregló para sentarse lo más lejos posible de Adam y él se dio cuenta de que no había sido una casualidad sino que lo había hecho a propósito. Estaba tratando de evitarlo.

Capítulo nueve

UNA VEZ les sirvieron las copas con el zumo de manzana, la conversación fue fluyendo relajadamente. —Ya que no nos podéis contar nada del motivo por el que estáis aquí, ¿de qué podríamos hablar? —preguntó Gracie.

—Cuéntanos algo de Cara —propuso Chris—. Ella lo sabe todo sobre mí y yo no sé nada de ella.

—¿Qué es lo que quieres saber? —preguntó Kelly interesada.

—No por favor —rogó Cara—. No hay nada interesante de mi vida que contar.

Adam advirtió que Cara le dirigía una furtiva mirada. Aunque todos charlaban animadamente, ella se mantenía ausente. Y sabía por el modo en que lo había mirado que su actitud tenía que ver con él. Se sentía aliviado al comprobar que no era el único que se sentía al borde de un abismo.

—Venga, cuéntanos —dijo Chris con curiosidad—. ¿Llevó aparato en los dientes? ¿Cuántos años tenía cuando...?

—No a la primera pregunta y no es asunto tuyo a la segunda —lo interrumpió Cara.

—Quería saber cuándo se te cayó el primer diente —dijo Chris rodeando con su brazo los hombros de Cara en actitud cariñosa.

Adam se enderezó en su silla. Deseaba poder comportarse con ella como Chris. Pero para él, abrazarla de aquella manera era tan sólo un sueño. Sentía envidia de lo bien que se llevaban y de la amistad que estaban forjando.

—Y, ¿qué hay de su vida amorosa? —añadió manteniendo su brazo sobre los hombros de Cara—. Dice que no hay nadie en su corazón, pero no me lo creo.

Adam vio que Cara le hacía un gesto a sus amigas para que se callaran, pero la ignoraron.

—Pues créelo —dijo Kelly—. Cara necesita un hombre a su lado que sea dócil y que haga todo lo que ella le diga.

Los demás rompieron en carcajadas y Cara escondió el rostro entre las manos. Se sentía incapaz de hacer callar a sus amigas.

—¡Eso no es cierto! —protestó.

—Dime el nombre de alguien con quien hayas salido y que se haya atrevido a llevarte la contraria en algo —dijo Gracie. Cara abrió la boca, pero no articuló palabra—. Además, nunca has tenido una relación duradera con ningún hombre.

—Tienes razón —intervino Kelly—. Quizá

lo que Cara necesita es un hombre que tenga el carácter suficiente para no acceder a todo lo que ella quiere.

Adam observó cómo los ojos de Cara pasaban de Kelly a Gracie y por último, se detenían en él. Tenía que reconocer que él no era un hombre fácil y era evidente que ella se había dado cuenta. Y aunque había negado todo lo que sus amigas habían dicho sobre ella, estaba claro que tenían razón. Necesitaba un hombre como él, con fuerza y carácter.

Cara no podía soportar seguir allí sentada frente a Adam. Se había sentado lejos de él pensando que estaría más cómoda, pero no había sido así. Sus miradas no habían dejado de cruzarse desde que se habían sentado.

—Ya veo que no vais a parar de hablar así que, ¿os parece bien si voy por otra ronda?

Tan pronto contestaron afirmativamente, Cara se puso de pie y se dirigió a la barra.

No se veía al camarero por ningún sitio, pero estaba disfrutando de aquellos momentos a solas. Se puso a tamborilear con las manos sobre la barra mientras esperaba a que la atendieran.

—Hola —dijo Adam apareciendo tras ella.

Cara sintió que un escalofrío le recorría la espalda.

—Hola —contestó ella.

—Me gustan tus amigas.

Estaba desconcertada. No se esperaba aquello.

—A mí también. Las quiero mucho.

—¿Como si fueran tus hermanas?

Cara parpadeó y tras unos instantes, afirmó con la cabeza.

—Sí, tienes razón. ¿Cómo lo has sabido?

Adam se encogió de hombros.

—Los amigos que se hacen en la madurez acaban convirtiéndose en nuestra familia. Especialmente para las personas solteras como nosotros —dijo él sonriendo.

Cara le devolvió la sonrisa. De pronto vio un extraño brillo en sus ojos y advirtió que se había quedado sumido en sus pensamientos. Deseó tomarlo por la barbilla para que la mirara y rogarle que se quedara allí con ella.

—Buscas personas afines a ti, con tus mismos gustos y pasan a ser parte de tu familia —continuó él diciendo.

—Lo mismo te ocurre con Dean y Chris, ¿verdad? Tienes más cosas en común con ellos que con algunos miembros de tu familia.

Adam se encogió de hombros.

—Al menos, los amigos los elige uno.

Cara se estremeció. Nunca antes había

hablado con él en aquel tono confidencial. No sabía cómo, pero había conseguido que saliera de su concha. Se sentía relajada a su lado.

De pronto, él se dio media vuelta y se quedó callado, volviendo a cerrarse en sí mismo. Cara se quedó sin saber qué hacer.

Probablemente era lo mejor, se dijo Cara. Tal y como Gracie había señalado un rato antes, aquel hombre era un seductor. Incluso se había definido como un soltero empedernido. No parecía tener ningún interés en tener una pareja.

Era lo mejor para todos. Deseaba acariciar su pelo, deslizar la mano por su pecho y besarlo. Estaba segura de que se habrían besado apasionadamente si Jeff no hubiera aparecido en la caravana el día que fueron al hipódromo a ver las carreras de caballos. El simple hecho de pensarlo hizo que su temperatura corporal se elevara unos grados.

Así que lo mejor sería tratar de hacer desaparecer la sofocante tensión sexual que existía entre ellos. No podía lanzarse a sus brazos. Sabía que ella saldría herida mientras para él tan sólo supondría una conquista más.

Cara lo miró de reojo y deseó no haberlo hecho. Se había apoyado en la barra y estaba muy guapo con su jersey azul y sus pantalones de pinzas claros. Lo peor de todo es que sabía que podía ser suyo en el momento en que quisiera. Cada vez le costaba más esfuerzo respirar teniéndolo a su lado. Sólo tenía que decirle las palabras adecuadas y acabaría en la cama de su fabulosa suite.

—Siento haberlos hecho esperar —dijo el camarero, sacándola de sus pensamientos—. ¿Qué les pongo?

—Seis zumos de manzana, por favor —dijo Cara con una amable sonrisa.

—Ahora mismo les preparo los más apetecibles zumos de manzana que nunca han tomado.

Cara se quedó observando los movimientos del camarero. Tenía que pensar sólo en su trabajo y no dejar que nada la distrajera.

Adam la contemplaba. Era evidente que estaba tensa a pesar de que pretendía mostrarse distraída. Dentro de ella había un volcán a punto de hacer erupción. Era una mujer con una gran personalidad, segura de sí misma y muy leal. No podía evitar preguntarse si toda esa pasión que derrochaba por lo que hacía, también la mostraba en la cama. Llevaba días dando vueltas a ese pensamiento. Esa mujer lo tenía totalmente confundido. Tenía que olvidarla antes de que se convirtiera en una obsesión. A pesar de estar acostumbrado a asumir riesgos en su vida y en su trabajo, no estaba dispuesto a asumir aquél. Así que una vez que decidió que eso era lo mejor que podía hacer, se giró hacia ella.

—Me alegro de volver a ver tus zapatos rojos otra vez —susurró en su oído.

Adam se percató de que la había hecho estremecer. Cara se quedó desconcertada, mirando sus zapatos sin saber qué decir.

—Sí —dijo volviendo a posar sus ojos sobre la espalda del camarero—. No me puedo permitir el lujo de comprarme la ropa para ponérmela una sola vez.

Adam estaba seguro de que había algo más que había querido decir con aquel comentario.

—No hay mucha gente que pueda hacerlo.

—Tú lo haces.

Así que era eso. Estaba molesta con él porque era rico.

—No puedo negar que podría permitirme ese lujo —dijo escogiendo cuidadosamente las palabras—. Pero eso no quiere decir que lo haga.

Cara se giró hacia él y Adam notó que los sentimientos que había estado tratando de controlar afloraban sin más.

—¿De veras? —dijo ella apoyando la mano sobre su estrecha cadera—. No tienes inconveniente en alejar a las mujeres de tu lado una vez has conseguido de ellas lo que quieres así que, ¿por qué habrías de ser diferente con las cosas? Algunas personas se pasan la vida trabajando para pagar una casa. No todo el mundo tiene una vida tan cómoda como la tuya, ¿sabes?

Aquel tono de reproche lo sorprendió. Alargó la mano y la tomó por el codo.

—¿Qué quieres decir con eso?

—Nada.

—¿Qué pretendes? ¿Por qué de pronto te muestras tan interesada en mis cosas y en las mujeres con las que salgo?

Cara abrió la boca, pero no articuló palabra. Sus ojos verdes estaban abiertos como platos y lo miraban con sorpresa. No parecía enfadada, pero había algo más detrás de su reacción. No era sólo por las relaciones que había tenido con otras mujeres ni por su cuenta bancaria.

Cara tragó saliva y se humedeció los labios. Lo único que Adam deseaba en aquel instante era tomarla entre sus brazos y besarla apasionadamente. Apretó con más fuerza su brazo y ella no hizo nada por impedírselo.

—Aquí tienen. Seis deliciosos zumos de manzana.

Cara lo miró con intensidad y unos segundos después retiró la mirada. El arrebato por el que se acababa de dejar llevar parecía haber desaparecido y Adam la soltó. Sin mediar palabra, cada uno tomó tres copas y se dirigieron de vuelta a la mesa donde los demás conversaban en animada charla. Pero según llegaron, cada uno fue tomando una copa y se hizo el silencio.

Adam desvió la mirada de Cara y comprobó que los estaban observando atentamente con una sonrisa en los labios. Todos se habían dado cuenta de la atracción que había entre ellos, aunque estaba seguro de que Cara no había reparado aún en ello. Vio como se sentaba, se atusaba el pelo y evitaba mirarlo.

—Propongo un brindis —dijo Gracie alzando su copa. Los demás la imitaron.

Adam buscaba desesperadamente la manera de llamar la atención de Cara. Y de pronto, la encontró. Levantó su copa y recordando la comida que había compartido con Cara unos días atrás, propuso un brindis.

—Por Cary Grant —dijo.

Si el encanto por el que fue famoso el actor lo ayudaba aquella noche, no dejaría de brindar por él de por vida.

Y funcionó. Cara se giró hacia él y mantuvo su mirada. En sus ojos pudo leer todo lo que necesitaba saber.

Gracie rompió el tenso silencio que se

había hecho entre todos ellos.

—No está mal, pero yo pensaba brindar por el amor. Así que, ¿os parece bien brindar por Cary Grant y el amor?

Chris sonrió y golpeó con su copa la de Gracie. Kelly se acarició el vientre con una sonrisa enigmática. Dean dio un trago mirando por encima de su copa a Gracie. Cara dio un sorbo y escondió sus manos bajo la mesa. Se sentía tan tensa que apenas podía moverlas.

Unas horas más tarde, Cara tuvo que escuchar los comentarios de Gracie y Kelly. Parecían un par de colegialas que hubieran ido a una fiesta con chicos por primera vez en su vida.

—Ha sido divertido —dijo Gracie.

—Son unos chicos muy agradables —dijo Kelly—. Y ese Chris es un encanto.

—Es cierto —convino Gracie.

—Creo que a Dean le has gustado.

—No lo creo —dijo Gracie ruborizándose y agitando una mano en el aire.

—Pues créelo —dijo Kelly—. No ha dejado de mirarte en toda la noche. Además, se ha reído de todos tus comentarios y tampoco es que seas tan divertida.

Gracie se encogió de hombros.

—Quizá tengas razón —admitió.

—Sin embargo, Adam es muy reservado —dijo Kelly.

Cara se ruborizó y se mordió el labio. No quería contestar nada a aquel comentario.

—Yo creo que no —intervino Gracie, dejándose caer sobre la cama—. Está muy interesado en alguien aquí presente.

—Es más que obvio —dijo Kelly sentándose en la cama—. Y creo que el sentimiento es mutuo. Hay que reconocer que es un hombre muy guapo.

—Espera un momento —la interrumpió Gracie y girándose hacia Cara, añadió—. Recuerdo que me hablaste de alguien a quien habías conocido antes de venir aquí. ¿Era Adam, verdad? —preguntó.

Cara se quitó los zapatos mientras las miraba en silencio. Abrió el armario y los dejó guardados.

—Ahora lo entiendo. Los dos se han comportado del mismo modo durante toda la noche. No han dejado de mirarse a pesar de haberse sentado separados y de haber tratado de ignorarse. Es evidente que la atracción es mutua.

Cara puso los brazos en jarra y las miró desde los pies de la cama.

—No sé si os habéis dado cuenta de que yo también estoy aquí con vosotras.

—¿Y eso qué importa? Seguro que no nos haces caso. Nunca nos haces caso a nosotras, tus mejores amigas. Harás lo de siempre, encerrarte en tu mundo y no preocuparte más que por pagar tu casa.

—¿Qué tiene eso que ver con lo que estamos hablando?

—¿Acaso no te has dado cuenta de que sueles salir con hombres sumisos? —preguntó Kelly poniéndose de pie.

—Sí, hombres que sólo hacen lo que tú quieres —añadió Gracie.

—Tienes tanto miedo de tener las mismas discusiones que tenían tus padres que prefieres romper una relación a seguir adelante —dijo Kelly. Su expresión se dulcificó pero era evidente que no había terminado. Cara sentía que todo le daba vueltas—. No creo que Adam sea el tipo de hombre al que se puede manejar. Más bien todo lo contrario.

Cara sacudió los hombros, en un intento por aliviar la tensión que sentía. De pronto se dio cuenta de que estaba buscando una excusa para detener la discusión y eso era precisamente a lo que se habían referido sus amigas unos minutos antes.

—Está bien. ¿Y si os digo que estoy de acuerdo con lo que decís? —dijo Cara. Kelly abrió la boca para decir algo, pero le hizo un gesto con la mano para detenerla—. Es cierto que no me gusta discutir, pero eso no tiene nada que ver con Adam.

—Querrás decir con tu relación con él.

Cara sacudió los brazos desesperada.

—No tengo ninguna relación con él. Hemos pasado mucho tiempo juntos durante la grabación del programa, eso es todo. Quizá haya surgido una ligera atracción entre nosotros, pero no hay nada que contar.

Kelly y Gracie se sentaron en la cama sin dejar de mirar a Cara. Ambas lucían una sonrisa pícara en sus rostros.

Cara tomó los cojines del sofá y comenzó a golpear divertida a sus amigas, tratando de borrar las estúpidas sonrisas de sus caras.

—¿Qué hay entre la señorita de la mirada felina y tú? —preguntó Dean mientras Chris y Adam lo acompañaban hasta el coche.

Adam lanzó una mirada severa a Chris.

—No me mires así. No he dicho una palabra —dijo haciendo un gesto de indiferencia con las manos.

—¿Hay algo entre vosotros? —preguntó Dean.

—Por supuesto que no.

—¡Por favor! Nunca te había visto tan pendiente de una mujer. Ha sido como si no estuvieras con nosotros. Y ella no ha parado de agitarse incómoda en su silla.

—Me sorprende que hayas prestado atención a otras cosas diferentes a la morena que tenías a tu lado.

Dean se sonrojó.

—No cambies de tema —insistió Chris—. El caso es que no ha pasado nada entre ellos, aunque Adam lo está deseando. Se comporta de un modo extraño desde el día en que la conoció.

—Fue el día en que me dijiste que ibas a participar en el concurso —recordó Adam.

Llegaron al coche de Dean.

—Vamos Dean —dijo bromeando mientras agarraba a Adam por los brazos—. Entre los dos podemos meterlo en el maletero de tu coche y sacarlo de aquí hasta que acabe el programa.

—No voy a ir a ningún sitio —dijo Adam, soltándose de las manos de su amigo.

—¿Por qué no? ¿Qué consigues quedándote? El programa está a punto de acabar, así que no hay nada que puedas hacer para detenerlo. Además, ahora ya sabes que yo tenía razón y que nos reportará importantes beneficios. Así que, ¿para qué quedarte?

—Para darte apoyo moral.

—¿Apoyo moral? Si soy yo el que te está dando apoyo moral.

—Bueno, entonces digamos que hay unos

asuntos que están sin terminar.

—Entre Cara y tú, ¿verdad?

Sus amigos se quedaron mirándolo fijamente. Se habían dado cuenta y ahora no podía negarlo. No encontraba una excusa convincente, así que no le quedó más remedio que admitirlo con un movimiento de cabeza.

—Lo sabía —dijo Dean—. En el fondo tengo que reconocer que me dais envidia —añadió y se sentó en el coche—. Nos vemos la semana que viene.

—Tres días más y esto habrá acabado —afirmó Chris con gesto de cansancio.

—¿Ha merecido la pena? —preguntó Dean.

Adam vio como el rostro de su amigo se iluminaba.

—Más de lo que me había imaginado.

Era evidente que se había enamorado. Aunque el principal motivo para haber estado todo el tiempo junto a su amigo era evitar que cayera en las garras de una mujer, finalmente así había ocurrido. Había perdido. Pero no se sentía derrotado.

A medianoche, Cara acompañó a sus amigas hasta el vestíbulo del hotel. Se acababa de despedir de ellas, cuando vio que Adam entraba por las puertas giratorias. Iba distraído, con las manos en los bolsillos y caminaba despacio, sumido en sus pensamientos. Él todavía no la había visto y pensó en irse antes de que la viera, pero se quedó clavada donde estaba.

Kelly tenía razón. Aquel hombre la hacía pensar, analizar sus opiniones y defenderlas. Y disfrutaba con ello. Era totalmente diferente a los hombres con los que había salido. Incluso la manera en que se movía era muy seductora. Era simplemente el hombre más atractivo que Cara había conocido nunca.

Cuando estaba a escasos metros de ella, Adam levantó la vista. Al instante, su ceño fruncido desapareció y esbozó una sonrisa en sus labios. Siguió caminando hacia ella lentamente. Cara se sorprendió al ver el cambio que el verla le había producido en su expresión.

—Una bonita noche, ¿verdad? —dijo él mientras se acercaba.

—Sí —contestó sin saber qué decir—. Hace una noche estupenda —añadió tras unos segundos de desconcierto.

Adam la miraba con una dulce sonrisa en los labios. A pesar de los nervios que sentía, hizo un esfuerzo por devolverle la sonrisa. Él se acercó hasta ella y se quedó mirando sus zapatillas. Tras unos segundos, volvió a mirarla a los ojos provocándole un nudo en el estómago.

¿Qué podía hacer? Se sentía contrariada. Sus amigas tenían razón. Necesitaba un hombre como él.

No podía olvidar que había estado a punto de besarlo aquel día en la piscina y en el hipódromo. En numerosas ocasiones, había animado a Chris diciéndole que había que saber aprovechar las oportunidades cuando se presentaban, así que ahora tenía que ser ella la que actuara en consecuencia.

Sin pensarlo, avanzó hacia él en mitad del vestíbulo y se arrojó en sus brazos fundiéndose en un apasionado beso.

Adam dudó un instante, sorprendido por su reacción, pero enseguida la rodeó con sus fuertes brazos. Aquel hombre besaba con la misma autoridad con la que se comportaba. Pero a la vez la trataba con gran delicadeza haciéndola sentir especial. Por la intensidad de su beso, Cara supo que la deseaba tanto como ella a él.

Cara deslizó los dedos entre sus cabellos tal y como había deseado hacerlo desde el momento en que lo vio por primera vez. Sentía la fortaleza de su pecho y la calidez de su cuerpo a través de su ropa. Las curvas de sus cuerpos encajaban a la perfección como si estuvieran hechos el uno para el otro.

Finalmente, Cara se dejó llevar. Sentía que flotaba entregada a la pasión que la embargaba con aquel beso. Deseaba que sus labios no se separaran nunca, pero cada vez le costaba más trabajo respirar. Adam continuó besándola lentamente y despertando en ella sensaciones que antes no conocía. Lo deseaba tanto que no podía soportarlo.

Cara se sentía al borde del desmayo. No podía respirar y se separó de él bruscamente jadeando. Adam miró fijamente a los ojos verdes de Cara. Tenían un brillo profundo y misterioso y las pupilas estaban dilatadas. Se inclinó y besó suavemente la punta de su nariz con gran ternura.

—No deberíamos estar haciendo esto aquí —susurró Cara.

—No hay nadie alrededor —dijo con voz profunda—. Todos se han ido a la cama.

Aquella última palabra hizo que la temperatura de sus cuerpos se elevara aún más. Adam podía sentir los fuertes latidos del corazón de Cara. Pero algo había pasado y ella se estaba distanciando tanto física como mentalmente. Se sentía confuso. No estaba dispuesto a dejar que lo besara de aquella manera y luego pretender que nada había pasado entre ellos. La estrechó entre sus brazos, pero ella evitó mirarlo a los ojos.

—No puedo hacer esto —dijo ella.

—¿Por qué? —preguntó acariciándole la espalda y haciéndola estremecer.

—Porque las relaciones en el trabajo nunca funcionan. Además, este empleo es muy importante para mi carrera y no puedo dejar que nada lo estropee.

—Por lo que sé tus referencias ya eran muy buenas.

Cara sacudió la cabeza, negándose a razones.

—No quiero poner en peligro lo que tengo por una aventura. Puede que tú no lo entiendas, pero este trabajo es muy importante para mí. Puede abrirme muchas puertas, así que por favor, no me hagas echarlo todo a perder.

Cara lo miró fijamente a los ojos. Su mirada reflejaba la confusión que sentía. Por un lado, deseaba dar un paso más pero por otro trataba de contener sus impulsos.

—¿Cómo iba a hacerte echarlo a perder?

—Por el modo en que me miras.

Adam advirtió que trataba de contenerse, a pesar de lo mucho que lo deseaba. Sus palabras no estaban siendo sinceras. Expresaban algo totalmente opuesto a lo que su cuerpo transmitía. Se aproximó hacia ella para continuar lo que habían empezado, pero en el último instante ella se apartó.

—¿Qué pasa? Fuiste tú la que me besó

—dijo él. Pero era evidente que ella no estaba dispuesta a seguir y no sabía por qué actuaba así.

Cara tragó saliva.

—Cierto. Y no ha estado bien por mi parte. Te pido disculpas y te aseguro que no volverá a pasar.

Adam no estaba dispuesto a insistir para hacerle cambiar de opinión.

—Está bien —dijo sin disimular su fastidio. No le gustaba insistir cuando una mujer lo rechazaba. Sintió una punzada en su interior al ver la expresión de alivio en el rostro de Cara al oír que cedía. Estaba seguro de que si insistía, ella no opondría resistencia. Pero entonces a la mañana siguiente ella se arrepentiría y lo odiaría. Y aunque en otras ocasiones eso no le había importado, con aquella mujer sí le importaba. Así que en tono amable, añadió—. Vamos —e hizo un gesto indicándole que entrara en el ascensor.

Cara se quedó callada junto a él. Adam se sentía al borde de un precipicio. Lo que había imaginado, se había confirmado: un solo beso no era suficiente. Ahora que conocía el sabor de sus labios, quería más. Deseaba más. Su beso había sido sincero, aunque ella tratara de negarlo. Sabía que ella también deseaba más que aquel beso robado aunque no fuera capaz de admitirlo.

El ascensor se detuvo en su planta. Él la acompañó y se ocupó de abrirle la puerta al ver que era incapaz de hacerlo debido al temblor de sus manos.

Cara entró en su habitación y se giró para mirarlo, apoyando la mejilla en la puerta entrecerrada. La alfombra del interior de la habitación era diferente a la del pasillo. Aquella insignificante barrera, significaba todo para él. Si la atravesaba, pasarían la noche juntos. Si se quedaba donde estaba, se aseguraba poder seguir mirándola a los ojos al día siguiente.

De pronto, lo vio claro. Era más importante dejar las cosas como estaban por el bien de Chris y por el de la compañía. Pero no por el suyo.

—Buenas noches, Cara. Que tengas dulces sueños —dijo y aspiró hondo. Y sin pensárselo dos veces, añadió—. Estoy en la suite 45.

Los ojos de Cara brillaron con deseo contenido.

—Buenas noches, Adam.

Y mientras se alejaba, él sintió que todo su cuerpo se estremecía debido a sensaciones que nunca antes había experimentado.

Capítulo diez

UNA hora más tarde, Cara seguía sin poder dormirse pensando en que lo único que le había preocupado era conseguir aquel trabajo. Su deseo se había hecho realidad gracias a la providencia divina, y se había prometido no volver a pedir nada más en su vida. Estaba teniendo mucho éxito y se abría ante ella un gran futuro. Pero ahora, no sólo quería aquel trabajo. También quería a Adam.

Gracie le habría dicho que disfrutara del sexo con él. Pero sabía que si se arrojaba en los brazos de Adam, estaría perdida. Había luchado mucho durante los diez últimos años para salir adelante sola y no estaba dispuesta a perder lo que tanto trabajo le había costado conseguir.

Se levantó rápidamente de la cama al oír un golpe seco en la puerta de su habitación. Se puso la bata y se la anudó a la cintura. Abrió la puerta y la expresión de su rostro se transformó en preocupación al ver al marido de Kelly frente a ella.

—¡Simon! ¿Qué estás haciendo aquí? Es la una de la mañana —dijo y se asomó al pasillo para comprobar que no había nadie más—. Además, si alguien me ve hablando contigo, será el fin de mi trabajo.

Simon impidió con el pie que Cara cerrara la puerta de la habitación.

—Cara, es Gracie —dijo Simon.

Aquellas palabras hicieron que Cara dejara de preocuparse por cerrar la puerta. Tenía el corazón en un puño.

—¿Qué ha pasado?

—Su madre. Ha muerto esta noche en Sidney, en un accidente de tráfico.

Cara salió corriendo en dirección a la habitación de Jeff. Llamó a su puerta incesantemente hasta que le abrió. Tenía el mismo aspecto desaliñado de siempre.

—¿Tienes idea de la hora que es?

—Acabo de recibir malas noticias y tengo que estar junto a una amiga.

Jeff bostezó, negando con la cabeza.

—Lo siento, Cara. No puedo dejar que te vayas. Sólo quedan tres días para que termine el programa. Espera hasta entonces.

—Vamos, amigo —intervino Simon—. No le hagas esto.

Al ver a aquel desconocido, Jeff se acabó de despertar.

—¿Quién es él?

—Es Simon, un amigo. Ha venido a contarme lo que ha pasado.

—¿Cómo has logrado entrar aquí?

—Eso no importa. Lo que importa es que me voy a llevar a Cara conmigo a casa.

Jeff lo miró entrecerrando los ojos.

—Está bien. Pero que sepas que si lo haces no podrás volver —dijo y dirigiéndose hacia Cara añadió—. Si te vas, tu contrato quedará rescindido y no te pagaremos ni un dólar.

Cara se quedó pensativa.

—Jeff, la grabación del programa no será hasta esta noche. Te prometo que estaré de vuelta antes.

—Lo siento —dijo Jeff—. Tan sólo espera tres días. Entonces, serás libre como un pájaro.

Cara se quedó mirándolo fijamente mientras se mordía los labios. No podía pensar con claridad. Entonces, se dio media vuelta y salió corriendo hacia la escalera, subiendo los escalones de dos en dos, sin esperar a Simon. Al llegar a la siguiente planta, se fue directamente hacia la suite 45 y golpeó la puerta con los nudillos. Al momento apareció Adam, con la misma ropa que llevaba un rato antes.

Al verla, se quedó sorprendido. A pesar de su invitación, no había imaginado que Cara aparecería en su habitación de aquella manera. La bata dejaba entrever su delicado camisón. Llevaba el pelo revuelto y respiraba aceleradamente. No había tenido una visión tan provocativa en su vida.

Su cuerpo respondió al instante. Sintió un arrebato de deseo, de tomarla entre sus brazos y hacerla suya. Pero de repente advirtió que algo no iba bien. No había ido hasta su habitación por la invitación que le había hecho.

—¿Qué pasa, cariño? —dijo tomándola suavemente del brazo.

—No quería tener que pedirte nada, pero eres mi última esperanza. Tienes que convencer a Jeff para que me deje salir —dijo con voz nerviosa—. Tengo que irme y no me deja. Dice que si lo hago, rescindirá mi contrato. Y no puedo dejar que eso ocurra. Necesito el dinero. Quiero que me ayudes.

—¿Ayudarte a qué? —preguntó Adam rodeándola con sus brazos en un intento de reconfortarla. No podía soportar verla sufrir.

—Es mi amiga Gracie. ¿Te acuerdas de ella?

—Sí, claro —contestó Adam deslizando su mano por la espalda de Cara.

—Su madre acaba de morir. Me necesita y no estoy dispuesta a dejarla sola en estos momentos.

—Claro que no.

Adam advirtió que había un hombre junto

a la puerta al que no había visto antes y pensó que era un vigilante. Con su cuerpo protegió a Cara de la mirada del desconocido.

—¿Cara? —la llamó el hombre.

Aquél no era un vigilante. La conocía, pero aun así, Adam continuó ocultándola.

—¿Qué busca, amigo? —preguntó Adam en un tono tan autoritario que se sorprendió él mismo.

—Soy Simon, un amigo de Cara y esposo de Kelly.

Al oír aquello, Adam se sintió aliviado. Era un amigo y no un rival.

—Bien. Haz el favor de acompañarla a su habitación y que tome las cosas que le vayan a hacer falta. Dentro de quince minutos nos vemos en el vestíbulo.

Simon hizo un gesto afirmativo con la cabeza y rodeando con su brazo los hombros de Cara, se la llevó hacia el ascensor.

Adam tomó la llave de su habitación y se fue a hacer lo que tenía que hacer.

Quince minutos más tarde, Cara estaba en el interior de una limusina en dirección a su casa. Simon iba a su lado, pendiente de ella como si fuera su hermano mayor mientras hablaba por teléfono con Kelly que estaba acompañando a Gracie.

Era la primera vez que volvía a casa después de dos semanas y en lugar de estar alegre y feliz como imaginaba que regresaría, se sentía triste. Había cosas más importantes en la vida que ser la propietaria de un puñado de ladrillos. Y una de ellas era una amiga que la esperaba arriba con el corazón destrozado.

Simon abrió la puerta del coche y se dirigió al maletero para recoger el equipaje. Al salir Cara se encontró con los ojos azules de Adam Tyler. Por un momento se olvidó de dónde estaba y del motivo que la había llevado hasta allí.

—He venido en el asiento delantero, junto al conductor. No quería molestarte. Pero antes de irme quiero asegurarme que estás bien.

—Nos vemos arriba —interrumpió Simon.

Cara advirtió el gesto de complicidad que los dos hombres se intercambiaron y se dio cuenta que aquello se lo debía a él. Él también tenía un contrato que cumplir y se exponía a perder un acuerdo de miles de dólares, pero había querido asegurarse que ella estuviera bien. Le había pedido ayuda y él se la había prestado. Había puesto en peligro su propia compañía para ayudarla.

La luz de la luna provocaba un reflejo en su rostro haciéndolo irresistible.

—Por favor, no te vayas todavía —le pidió tomándolo de la mano.

Se quedaron inmóviles durante unos segundos. Finalmente él soltó su mano y la dejó ir. Cara miró hacia arriba y vio que había luz en el apartamento de Gracie. Aspiró hondo y se dirigió hacia el interior del edificio sintiéndose segura por estar cerca de Adam para apoyarla en aquellos momentos.

Entró en el apartamento de Gracie y al ver la expresión de alivio en el rostro de su amiga, supo que había tomado la decisión adecuada. Cara corrió a su encuentro y la abrazó con fuerza.

Unas horas más tarde, Adam ponía agua en la cafetera mientras ella se duchaba. Cuando regresó del baño, se dejó caer en el sofá y se quedó allí tumbada con un brazo ocultándole el rostro. Parecía agotada, pero al fin y al cabo era de esperar tras haber pasado la noche consolando a su amiga.

Adam había tenido tiempo para pensar y se había dado cuenta de lo equivocado que siempre había estado. Por la relación que su padre había mantenido con numerosas mujeres a lo largo de los años, había llegado a la conclusión de que lo mejor era no establecer un lazo sólido con ellas. Sin embargo, cuando Cara le había pedido aquella noche que se quedara con ella, simplemente no había podido negarse. Ni siquiera cuando Gracie rompió a llorar amargamente, había podido separarse de Cara. El deseo de estar junto a ella incluso en aquellos difíciles momentos era mayor que el deseo de controlar sus sentimientos. Había sido una noche muy dura para todos.

Una vez que el café estuvo listo, sirvió una taza para él y otra para ella y las llevó hasta la mesa. Adam se sentó en una silla frente a ella.

Cara tomó su taza y dio un sorbo. Bostezó y se quedó mirándolo con una dulce sonrisa.

—¿De qué te estás riendo? —preguntó Adam, sintiéndose relajado por primera vez en la noche.

—Me siento como si hubiera estado corriendo toda la noche.

Continuaron hablando relajadamente, bebiendo el café y disfrutando de su mutua compañía.

Adam miró a su alrededor. El apartamento era cálido y acogedor.

—Me gusta tu casa —dijo Adam y comprobó que el rostro se le iluminaba.

—A mí también. Ya casi lo tengo todo pagado.

—Estoy impresionado.

—Y eso que no soy socia de ninguna gran compañía de telecomunicaciones.

Adam no podía creer que estaba bromeando con una mujer sobre dinero. De pronto observó que se estaba mordiendo el labio inferior y sabía que había algo que la preocupaba. Había aprendido a conocer el significado de sus gestos.

—Con lo que me hubieran pagado en este trabajo, habría podido acabar de pagarlo —dijo haciendo un gesto de indiferencia.

Adam recordó haberla oído en el hotel referirse a lo importante que era para ella aquel sueldo.

—Si necesitas dinero... Cara hizo un gesto con las manos para evitar que terminara la frase. —No, no hay nada peor para estropear una relación que el dinero. Se sintió aliviado al oír aquellas palabras y deseó arrojarse en sus brazos y dejarse llevar.

—¿Qué me dices si desayunamos? —propuso él. Cara miró hacia la cocina.

—Lo único que hay son cereales y quizá queden algunos huevos.

—Quédate ahí sentada —dijo—. Voy a dar un paseo a ver qué encuentro.

Cara asintió con la cabeza. Entendía que Adam quisiera salir y respirar aire fresco. Aquello había sido demasiado para él. Había pasado la noche tratando de consolar a unos extraños.

Ni siquiera se dio la vuelta cuando salió por la puerta. No le extrañaría que no regresara y aunque había tratado de mostrarse indiferente, era lo último que quería. Mientras pensaba en ello, se acomodó en el gran sofá y fue cayendo en un plácido y reparador sueño.

El aroma a café y a bollos recién hechos despertó sus sentidos. Se estiró y abrió los ojos.

Adam había regresado. Estaba junto a la ventana, inundado por los rayos de sol. Al verlo, su corazón dio un vuelco.

Sobre la mesa del comedor había algo más: un gran ramo de margaritas, sus flores favoritas. El perfume que solía usar tenía el mismo aroma y era evidente que él se había percatado.

Cara se incorporó y al oírla, Adam se giró.

—Buenos días —dijo él.

Cara se atusó los cabellos.

—¿Cuánto tiempo has tardado?

—Una media hora.

—¿Sólo? ¿Estás seguro de que no he estado durmiendo un día entero?

Adam esbozó una sonrisa.

—Seguro. Lo siento.

Cara se puso de pie. Le dolía todo el cuerpo, pero estaba feliz de volverlo a ver allí a su lado. Él debía estar tan cansado como ella, pero en lugar de marcharse al hotel para dormir un rato, había vuelto a su casa con el desayuno y un precioso ramo de flores.

Sobre la mesa había huevos, salchichas y una variedad de bollos, además de las flores que decoraban el centro. Y además, estaba junto al hombre al que amaba.

—¡Cuánta comida! ¿Acaso esperamos a alguien?

—No que yo sepa.

—¿Así que todo esto es sólo para nosotros dos? —dijo Cara y justo en aquel momento su estómago hizo un sonido inconfundible que hizo que rompieran a reír—. No me queda más remedio que reconocer que tengo hambre.

—Lo único que te pido es que me dejes probar algo.

—Ya veremos —dijo dirigiéndole una cálida sonrisa.

Adam sirvió un plato abundante a Cara. Estaba muerto de hambre y era evidente que ella también.

—¿Qué crees que hará Gracie ahora? —preguntó Adam.

—No lo sé. Su madre se quedó embarazada siendo una adolescente y Gracie nunca conoció a su verdadero padre. Creo que no era australiano. Su madre se casó cuando ella estaba en el instituto y tiene hermanos pequeños. Su padrastro es un hombre encantador y a lo mejor decide irse a vivir con ellos.

—¿Crees que lo hará? Parece una persona muy independiente.

—Y lo es.

—Por eso viniste, ¿verdad? Ella confía plenamente en ti y eres un apoyo para ella.

—Cierto. Eres muy observador —reconoció con una dulce sonrisa.

—Gracias.

—Seguro que eso es una virtud en tu trabajo. Debe de ser difícil dar una segunda oportunidad a alguien cuando la primera impresión que te ha causado no ha sido buena, ¿no?

Cara lo miró con una amplia sonrisa que le hizo olvidar lo que le acababa de decir. Se la veía deliciosa con sus mejillas sonrojadas, su pelo revuelto y ni pizca de maquillaje. Las pecas resaltaban sobre la palidez de su nariz.

Cara pensó que no se había explicado con claridad y repitió su comentario.

—Quiero decir que si alguien te causa una

mala impresión, es difícil darle una segunda oportunidad —dijo y siguió comiendo.

Adam comprendió que no esperaba ninguna respuesta y se quedó callado disfrutando del silencio.

Se preguntó cuánto tiempo hacía que no disfrutaba de una comida con tranquilidad y compañía.

Los escasos desayunos que compartía con su padre de tanto en tanto, siempre acababan con una desagradable sensación de frustración por su parte y de resentimiento por parte de su padre, que había dilapidado su fortuna y tenía que recurrir a su hijo para poder vivir. Y cuando desayunaba con Chris y Dean, lo hacían trabajando y dando vueltas a nuevas ideas.

Pero aquella tranquilidad que respiraba era una sensación nueva para él. Era todo un lujo. Y además su acompañante era una mujer. Miró de reojo a Cara. Tenía la mirada fija en la ventana y sus pensamientos estaban a kilómetros de allí, mientras masticaba.

De pronto, ella se giró y se percató de que la estaba mirando fijamente. Esbozó una cálida sonrisa y Adam sintió que el corazón le daba un vuelco. Estaba disfrutando de un agradable momento que no quería dejar escapar. Quería que se repitiera una y otra vez y sólo con aquella mujer.

Capítulo once

SÉ que sólo te gusta salir con hombres que te sigan la corriente, ¿eh? —preguntó Adam sacándola de su ensimismamiento. Cara parpadeó y dejó de soñar para prestar atención al hombre que tenía junto a ella. «¿Cómo había llegado a esa conclusión?», se preguntó Cara.

Su corazón se aceleró.

—A ti, lo que más te importa de las mujeres es su físico —dijo ella en respuesta. —¿Y crees que nos ha ido bien? Cara dejó caer el tenedor y mantuvo la mirada fija en él.

—Es evidente que no muy bien —admitió.

Adam asintió lentamente con la cabeza.

—Quizá va siendo hora de que probemos algo diferente y nos demos una oportunidad.

¿Le había entendido bien? Adam Tyler, el multimillonario soltero de oro, ¿quería tener algo con ella?

De repente sintió que una fuerte sensación de ahogo invadía su pecho. No podía respirar y tuvo que agarrarse a la mesa para no caerse de la silla.

Adam la observaba con su habitual paciencia. Al fin y al cabo, aquella decisión requería tiempo ya que era una de las más importantes que iba a adoptar en su vida.

«Piensa Cara. Es muy guapo y emocionalmente inestable como tú. Es un soltero empedernido, él mismo lo ha reconocido, con lo cual nunca tratará de hacerte cambiar. Lo malo es que es multimillonario», pensaba ella.

Aquello era precisamente lo que la detenía. El dinero podía echar a perder cualquier cosa. Sus padres nunca habían tenido suficiente y por eso habían sufrido mucho. Pero había aprendido que tener mucho tampoco era garantía de felicidad.

«Tranquila. Tampoco me está pidiendo que me vaya a vivir con él al fin del mundo. Tan sólo me está proponiendo que dos personas adultas que se sienten atraídas pasen un tiempo juntos para conocerse mejor».

Pero, ¿a quién quería engañar? No era sólo atracción lo que sentía. Una aventura con aquel hombre sería inolvidable. Ningún otro hombre era comparable a Adam. Era atento, leal y encantador. Aunque vestía trajes caros, no le gustaba alardear del dinero que tenía.

Lo había dejado todo para dedicarse a estar junto a un amigo necesitado. Y a pesar de estar allí contra su voluntad, había sido amable con todos. No tenía ni idea de lo que había tenido que hacer para conseguir que saliera del hotel la noche anterior cuando Gracie la necesitaba. Además, prefería escuchar a hablar, escogiendo en todo momento las palabras que decía. No conocía a mucha gente que prefiriera escuchar en vez de hablar. Sus padres siempre habían discutido mucho, sin escucharse el uno al otro.

Su respuesta tenía que ser negativa. A pesar del interés que mostraba por ella, no estaba segura de que Adam buscara una relación estable. Además, podría dejarla marcada y entonces sería incapaz de olvidarlo.

—Podemos tomárnoslo con calma y que sea el tiempo el que nos aclare lo que debemos hacer.

Adam parpadeó pensativo.

Cara suspiró y trató de controlar su desbocado corazón. Le gustaba la vida que llevaba y no estaba dispuesta a arriesgarlo todo. Pero no estaba siendo sincera consigo misma.

—Es una opción. Yo también he pensado mucho en ello —dijo Adam.

—¿De veras?

—Sí, para mí también es una decisión muy importante —respondió y se quedó a la espera de su respuesta. Sin embrago, Cara permaneció callada mordiéndose el labio—. ¿Sabes que haces mucho ese gesto? —añadió.

—¿Qué gesto?

Adam aproximó la mano y le acarició la mejilla.

—Te muerdes el labio de abajo.

—Es una costumbre que tengo desde niña.

—Me he dado cuenta de que lo hace cuando estás pensando algo. Deja de darle vueltas al asunto y dime lo que tengas que decirme.

—Eres tú el que tiene que hablar.

Adam soltó una carcajada y Cara sintió un pellizco en la boca del estómago.

—Tienes razón. En el fondo nos parecemos mucho. Los dos somos muy tercos y no estamos dispuestos a asumir riesgos.

—Entonces no tenemos esperanza, ¿verdad?

Cara sabía que había dos formas de entender sus palabras. O bien que no había esperanza para que ninguno de los dos cambiara su forma de ser o bien que no tenía sentido estar juntos. Lo entendiera como lo entendiera, había algo de razón en los dos significados.

Le había pedido que le dijera lo que tuviera que decirle y eso era lo único que había podido decirle sin hacerle daño.

Cara continuó en silencio a la espera de que le respondiera. Quizá él le dijera que tenía razón, pero que estaba dispuesto a demostrarle lo equivocada que estaba. Cuanto más tardaba en contestar, más difícil le era respirar. Adam, con sus intensos ojos azules, la miraba preocupado. De pronto, una amable sonrisa se dibujó en sus labios.

—La esperanza es lo último que se pierde —dijo él por fin.

Adam se levantó y comenzó a recoger la mesa. Cuando llegó junto a Cara se inclinó y la besó en el pelo. Cara se mordió el labio con tanta fuerza que pensó que se había hecho sangre. Pero la única opción que tenía era rechazarlo, a pesar de que lo único que deseaba era arrojarse en sus brazos y compartir con él sus secretas esperanzas.

Más tarde aquella misma mañana, Adam volvió con ella al hotel. El recinto parecía más que nunca una fortaleza.

—¿Estás segura de que quieres hacerlo sola? —preguntó Adam al cruzar las puertas giratorias.

—Completamente —dijo ella dejando escapar un suspiro.

—Tendrás que enfrentarte a Jeff. Bajo ese aspecto desenfadado se esconde todo un ejecutivo agresivo.

—No importa.

Entraron en el ascensor juntos y Cara se dio cuenta de que aquel empleo había dejado de tener la importancia que le había dado al principio. Había cosas mucho más importantes en la vida que un trabajo, cosas a las que nunca había sabido darle su valor justo hasta la noche anterior. Y una de ellas era la amistad.

Tener amigos era la cosa más valiosa del mundo. Si por alguna razón se quedaba sin casa, Kelly, Gracie o incluso Adam podrían darle cobijo.

Sus padres siempre habían discutido. Su madre siempre le echaba en cara a su padre que no ganaba suficiente dinero y su padre la acusaba de gastarlo fácilmente, pero se tenían el uno al otro y por eso habían permanecido juntos a lo largo de tantos años. Para ellos lo más importante era estar unidos y quererse.

—Muchas gracias por lo de anoche —dijo Cara cuando estaban a punto de separarse.

—No hay de qué.

Cara se acercó y le dio un beso de agradecimiento en la mejilla. Era muy diferente al beso apasionado que se habían dado la noche anterior, pero aun así, Cara disfrutó la sensación de calidez de su piel.

Adam aspiró hondo y se alejó de ella, dejándola sola. Cara caminó hasta la puerta de la habitación de Jeff y llamó con los nudillos.

—Podría despedirte ahora mismo —dijo Jeff nada más verla. Llevaba el pelo alborotado y estaba más desaliñado que de costumbre. Parecía una caricatura de sí mismo. Cara estaba a punto de estallar en carcajadas—. No le veo la gracia, Cara. Has incumplido una cláusula del contrato y por ello podría despedirte sin tenerte que pagar un solo dólar.

Por primera vez en su vida, Cara no sintió miedo de las consecuencias que su actitud pudiera acarrear. Se sentía libre y en paz consigo misma. Algún día acabaría de pagar su casa. No tenía por qué ser este mes ni este año.

—Pues despídeme —dijo Cara mirándolo tranquilamente y disfrutando de la expresión de sorpresa en el rostro de Jeff, que empezó a balbucear sin sentido—. Espera un momento, Jeff. Sabes lo mucho que deseaba este trabajo. Quiero ver mi nombre en los créditos. Quiero el dinero. Soy la mejor estilista del país. Así que decide si quieres que me quede o que me vaya. Te aseguro que si me quedo hasta el final, nuestro soltero, que tanto me aprecia, estará más guapo que nunca. O despídeme y verás en lo que se convierte tu querido programa sin mí.

Jeff se quedó desconcertado mirándola.

—Acabo de hablar con el director y hemos decidido que tu salida del hotel anoche era justificada, así que no hay motivos para despedirte.

—Me alegro. Por cierto que necesito salir también el martes por la tarde para asistir al funeral por la madre de una amiga. ¿De acuerdo?

Jeff apretó los dientes y asintió.

—Está bien.

—Bien, pues ahora será mejor que vuelva al trabajo. Chris debe de estar preocupado, preguntándose dónde estoy.

Cara estrechó su mano y se marchó caminando airosa.

Los días siguientes pasaron a gran velocidad. Cara estuvo ocupada preparando a Chris para el gran día, sin dejar de llamar a Gracie cada vez que podía.

Adam parecía haber desaparecido. Cara no sabía si seguía en el hotel o si ya se había marchado. A pesar de todo lo que tenía que hacer, no lograba dejar de pensar en él ni un minuto. Lo echaba de menos.

Si se había marchado su decisión no la sorprendía. Era un hombre libre al que no debían de gustarle los problemas cotidianos de una chica como ella. Había sido muy atento y amable con ella y con Gracie y eso siempre se lo agradecería.

El martes por al tarde Cara dejó el hotel unas horas para asistir al funeral por la madre de Gracie. Se sorprendió al comprobar que su alocada amiga había madurado de la noche a la mañana. Su padrastro lloraba sin consuelo, así como sus dos hermanos pequeños. Sin embargo ella se mantenía serena.

Había confiado en encontrarse con Adam en la ceremonia, pero comprobó que no había asistido. Sin embargo, se había molestado en enviar un ramo de gardenias, las flores favoritas de Gracie. No tenía ni idea de cómo se había enterado de los gustos de su amiga, pero así había sido. Cada día que pasaba estaba más desesperada por saber dónde estaba.

Después del funeral, Maya Rampling, la editora de la revista *Fresh*, insistió en llevar a Cara en su coche.

—¿Cómo va la grabación del programa? El mundo de la televisión, ¿era como te lo imaginabas?

—Es mejor —bromeó Cara.

—¿Cómo es Chris Geyer?

—¿Quién?

—Vega, Cara —dijo Maya levantando una ceja—. Jeff me ha estado informando de todos los detalles con la condición de que sea discreta y no cuente nada ahora. Pero he conseguido la exclusiva para hacerlo dentro de dos semanas. Es un tipo muy astuto. Me cae bien.

—A mí también —dijo Cara sonriendo para sí misma.

—Por lo que he oído, Chris se lleva muy bien contigo. ¿Acaso no le ha gustado ninguna de las concursantes?

—Claro que sí. Hay una por la que muestra un interés muy especial.

Maya suspiró.

—Así que al final, el soltero del concurso ha encontrado el amor.

Cara se mordió el labio y asintió.

—Eso parece.

—¿Y qué me dices de ti? Tú también te has enamorado, ¿verdad? —preguntó Maya con mirada escrutadora—. Soy demasiado vieja para que me engañes. Ese mal aspecto que tienes no es por la muerte de la madre de Gracie.

Cara se quedó pensativa escogiendo las palabras cuidadosamente.

—Estarás de acuerdo conmigo en que el ambiente en el que me he movido las dos últimas semanas favorecía que dos personas se enamorasen.

—No digas tonterías, Cara. La gente se

enamora en cualquier sitio, con independencia del lugar donde esté.

Cara se encogió de hombros, indiferente.

—Es posible —dijo—. Pero no hay nada que contar. Estoy trabajando y ya me conoces: lo primero es el trabajo.

—Pues ya va siendo hora de que te preocupes de ti misma. Llevas más de diez años trabajando y tienes que tomarte un respiro. Sé sincera contigo y escucha tu corazón.

Cara no supo qué contestar. Se quedó mirando el paisaje por la ventanilla. El aire sacudía la copa de los árboles. Aquélla era una señal de que los aires estaban cambiando.

Aquella noche, Cara prestó especial interés a Chris. Era la última grabación del programa y quería disfrutar de su último día de trabajo.

—¿Estás lista? —le preguntó por última vez.

—Más de lo que nunca pensé que estaría —dijo Chris con voz tranquila y tomando las manos de Cara entre las suyas, añadió—. Y todo esto te lo debo en parte a ti. Sin tu apoyo, podía haberme visto arrastrado por el pesimismo de mi amigo.

Cara advirtió que no había pronunciado

el nombre de Adam. Estaba segura de que Chris se había dado cuenta de cuáles eran sus sentimientos. Hizo un esfuerzo y esbozó una sonrisa, contenta por haber encontrado un buen amigo en aquellas extrañas circunstancias.

—¿Crees que has conseguido tu objetivo?

Chris se tomó unos segundos antes de contestar.

—Sí, más de lo que imaginé.

—Te has enamorado, ¿verdad?

—Sí —reconoció y se fundieron en un tierno abrazo.

—Es evidente. Se te ve muy feliz.

—Es el amor.

Cara sacudió la cabeza.

—Te sienta muy bien.

Chris se apartó de ella dando un paso atrás y la observó.

—¿Qué me dices de ti? Últimamente parece cansada. Cara se separó de él y se acercó a la ropa que colgaba de una barra.

—Creo que me estoy poniendo enferma. Me duele todo el cuerpo y no consigo dormir por la noche.

—Es el amor.

Cara hizo como si no lo hubiera escuchado. Eligió una corbata y volvió junto a él.

—¿Crees que esta corbata te quedará mejor? Chris la agarró por el brazo para captar su atención. —Deberías decírselo.

—No puedo —reconoció tras unos segundos.

—Los dos sois igual de cabezotas. Y aquí estoy yo, disfrutando de lo más excitante que he hecho en mi vida y a la vez, viendo como los dos estáis sufriendo.

—No estoy sufriendo —dijo Cara, aunque en el fondo de su corazón sabía que así era. Chris la miraba con una sonrisa de complicidad—. Lo siento. Debería ser yo la que te estuviera animando.

—Yo no lo necesito. Sé lo que quiero y voy a salir ahí fuera a lograrlo. ¿Puedes tú decir lo mismo? —preguntó y miró a Cara en espera de su respuesta, pero ella decidió permanecer en silencio—. Trata de averiguarlo antes de que sea demasiado tarde —añadió a modo de despedida.

Y caminando con seguridad, salió de la habitación dispuesto a confesar sus sentimientos a la mujer que amaba. Nada más salir al pasillo, se encontró con Adam que lo estaba esperando en mitad del pasillo.

—¿Dónde has estado estos dos últimos días?

—Trabajando.

—Yo diría que has estado escondiéndote. Te pido que lo que tengas que decir lo hagas después de la grabación.

Adam siguió a su amigo, caminando unos pasos tras él. Nunca antes había visto a Chris tan seguro de sí mismo. Caminaba con determinación, incluso parecía más alto y Adam se lo dijo.

—Es cierto.

—Te he pedido que no me hables hasta que termine la grabación.

Chris se detuvo y apretó el botón de llamada del ascensor.

—He venido a desearte buena suerte y te lo digo de corazón —dijo Adam llevándose la mano al pecho—. Esta experiencia te ha hecho cambiar y se te ve muy feliz.

—¿Me tomas el pelo?

—No, soy sincero. Quiero desearte lo mejor —dijo y Chris lo miró dubitativo. No estaba del todo convencido—. No puedo negar que eres un romántico empedernido.

Adam extendió su mano en señal de reconciliación. Chris la estrechó y lo atrajo hacia sí para darle un fraternal abrazo.

—Creo que debería darte un consejo —dijo Chris con una sonrisa pícara en los labios.

Adam parpadeó.

—Aunque trates de convencerme para que haga lo mismo que tú, no conseguirás nada.

El ascensor llegó y las puertas se abrieron.

—Salvado por la campana —dijo Chris entrando en el interior.

—¡A por ella! —lo animó Adam—. Y asegúrate de que le das un beso de mi parte.

Adam sacudió la cabeza. Al cerrarse las puertas, volvió a su mente la mujer con la que estaba decidido a hablar. Desde el pasillo comprobó que la puerta de la suite de Chris estaba cerrada. Sabía que Cara estaría allí dentro, sola, pensando lo mismo que él.

Se habían encontrado en circunstancias extrañas y ninguno de los dos sabía con seguridad si lo suyo tendría futuro, pero tenían que darse una oportunidad. Había pasado esos días en su casa reflexionando y se había dado cuenta de que no podía vivir sin ella.

Lo único que podía hacer era esperar y confiar en que ella sintiera lo mismo.

Capítulo doce

CARA contempló con ternura cómo Chris y Maggie se declaraban su amor en la misma terraza en la que se habían conocido. El cielo estaba estrellado y había velas en todos los rincones. Parecía un cuento de hadas hecho realidad. Era imposible que en una atmósfera tan romántica, una chica pudiera denegar una proposición. Aunque estaba segura de que no lo hubiera rechazado fuera cual fuera el entorno.

Cara se secó una lágrima. Estaba muy contenta por Chris, pero a la vez tenía el corazón partido. No sabía si seguir o no el consejo de Chris y decirle a Adam cuáles eran sus sentimientos.

Trató de olvidarse de sus pensamientos y prestó atención a lo que estaba ocurriendo frente a ella. Chris estaba a punto de dar una última sorpresa y quería ver cómo Maggie reaccionaría.

Chris tomó aire y apretó con fuerza las manos de Maggie.

—Soy multimillonario.

Todo el mundo contuvo la respiración.

—Me alegro por ti —dijo Maggie con una

gran sonrisa. Chris la abrazó y el equipo de grabación rompió

en aplausos y risas. Cara los miró con alegría. Maggie no podía haber respondido mejor. Había sido muy clara y había dado en el centro de la diana. De repente, Cara tuvo claro lo que debía hacer.

Adam estaba apoyado en el quicio de la puerta observando la grabación del programa. Desde allí apenas podía ver a Cara. Iba vestida con unos vaqueros y una camiseta, probablemente para no eclipsar el protagonismo de la elegida de Chris.

Al separarse de él, Maggie tropezó y él corrió presuroso a sujetarla. Los dos se miraron y se sonrojaron. Adam sentía que el corazón se le salía del pecho.

Maggie dijo algo y Chris y el resto de los presentes rieron con ganas. Adam se acercó a donde estaba ocurriendo la acción y de paso ver mejor el rostro de Cara. Sus manos cubrían su boca y tenía las mejillas llenas de lágrimas. Estaba más guapa que nunca y deseó abrazarla.

¿A quién estaba engañando? Quería hacer más que todo eso. No buscaba una mujer con la que salir un sábado por la noche, ni una aventura de unas semanas. Quería levantarse cada día y tener aquellos intensos ojos verdes junto a él. Quería besar aquellos labios y acariciar sus rizos cada día del resto de su vida.

Todo aquello sólo podía significar una cosa: se había enamorado locamente.

En aquel momento, la lluvia que había estado amenazando todo el día, comenzó a caer. Todos los que estaban en la terraza corrieron a protegerse al interior del hotel. A toda prisa, Jeff dio instrucciones para que todo el material de grabación fuera protegido del agua.

Cara fue directamente hasta donde estaban Chris y Maggie para asegurarse de que estaban bien.

—Nos vemos en la fiesta de despedida del viernes —dijo Jeff una vez la lluvia comenzó a arreciar.

Los miembros del equipo de grabación aplaudieron entusiasmados. Al cabo de unos segundos, todos comenzaron a recoger las cámaras y a irse. Al poco rato, apenas quedaban unos pocos. Adam vio como Cara se despedía de cada uno con un abrazo. Todo se había acabado.

Todos se estaban yendo, incluida Cara. Si quería hacer todas aquellas cosas con ella durante el resto de su vida, tenía que hablar con ella cuanto antes.

—Cara, quédate —dijo con un tono autoritario que hizo que los que quedaban por allí se giraran a mirarlo, dejando de hacer lo que estaban haciendo. Adam sintió que todos los ojos se posaban en él, pero sólo le importaban los de la mujer que era dueña de su corazón.

Cara lo miró sorprendida.

—¡Adam!

Tenía motivos para estar confundida. Llevaba días sin verlo. Pero él ya tenía las cosas muy claras y estaba dispuesto a hacer lo que tenía que hacer.

—Te estoy pidiendo que te quedes.

Adam tuvo que controlarse para no correr hasta ella, tomarla entre sus brazos y besarla. En su lugar, la sonrió, levantó un dedo y le hizo una señal para que se acercara hasta él.

¿Qué estaba haciendo? Todos habían dejado de recoger y contemplaban la escena en silencio, sonriendo.

Cara comenzó a caminar hacia él.

—¿Qué estás haciendo? —preguntó esbozando una sonrisa.

—Algo que debería haber hecho hace un tiempo —dijo Adam y tomándola de la mano, la acercó hasta él y tomándola de la cintura le dio un beso en la boca. La veintena de personas que estaban allí rompió en aplausos y vítores. Cuando Adam la soltó, Cara se separó de él y se llevó una mano temblorosa a la boca—. Cara, te estoy pidiendo que te quedes conmigo.

—¿Por qué?

Él se quedó mirándola con una sonrisa en los labios y ella se la devolvió.

—¿Acaso todavía no te has dado cuenta? ¿No te parece extraño que para un soltero empedernido como yo no me haya fijado en ninguna otra mujer desde que entraste en mi vida con aquellos zapatos rojos? —dijo Adam. Cara tragó saliva. No sabía qué responder. Las rodillas comenzaron a temblarle y se alegró de estar junto a él—. ¿No te parece suficiente razón? Tenemos que dejar de negar la evidencia y comprobar que lo que sentimos es real.

Alguien soltó un silbido y aquel sonido hizo que Cara volviera a poner los pies sobre la tierra. Todos los miraban interesados.

—Me gustaría no tener público —dijo Cara en un susurro que sólo él pudo oír.

Adam se giró a los presentes.

—¿Os importa dejarnos a solas?

En aquel momento apareció Jeff.

—Cambio de planes chicos —gritó—. La fiesta es en mi habitación ahora mismo.

A los pocos segundos todos se habían ido y Adam y Cara se quedaron a solas.

—¿Sabes lo que me estás pidiendo? —dijo Cara.

—Sí —murmuró Adam junto a su oído.

—¿Estás seguro de que lo has pensado bien? ¿Crees que tiene futuro lo que sentimos?

—No sé expresar bien mis sentimientos.

—Creí que tenías una gran facilidad para escoger las palabras adecuadas en cada situación.

—Así es. Pero no es fácil explicar lo que siento. Tan sólo sé que no quiero dejarlo escapar. Así que, ¿qué me dices, señorita Marlowe? —preguntó Adam, escondiendo el rostro entre los rizos de Cara—. ¿Prometes que estaremos juntos mientras podamos soportarnos?

—Prometo ser tuya para siempre —dijo sincera, tratando de olvidar el temor que la invadía.

—Dilo otra vez —dijo con voz suave. Sus ojos se encontraron y Adam contuvo la respiración a la espera de que lo repitiera.

—Adam —dijo Cara con un leve temblor en la voz—. Estoy locamente enamorada de ti. Y si tú también me quieres, te prometo ser tuya para siempre.

No había podido poner palabras a sus sentimientos, pero ella lo había hecho muy bien. Adam tomó el rostro de Cara entre sus manos.

—Cara, cariño. No hay nada que el amor no pueda conseguir —dijo estrechándola de nuevo entre sus brazos.

—No quiero nada de ti y menos tu dinero.

—Eso es imposible. Si me quieres, tienes que aceptarme como soy.

—No, Adam.

—Está bien siempre y cuando prometas no darme nada tuyo —dijo y con una sonrisa traviesa, añadió—. No quiero tu apartamento, puedes quedártelo para siempre.

Cara lo golpeó cariñosamente en el pecho.

—Mi apartamento es un sitio maravilloso. Se ha revalorizado mucho desde que lo tengo.

—Me da igual cuál sea su valor. Pero sé que significa mucho para ti. Sé que valoras mucho tu independencia y por lo que a mí respecta, puedes hacer con tu apartamento lo que quieras.

Hablaba en serio. Podía verlo en sus ojos y se abrazó fuertemente contra él.

—¿A qué viene eso? —preguntó Adam sorprendido de su repentina reacción.

—Por ser tan maravilloso —dijo separándose y mirándolo a los ojos—. ¿No lo entiendes? No tienes más remedio que aceptar todo lo que es mío. Y como sigas bromeando sobre ello, te haré vivir en mi apartamento.

—Si es lo que quieres, viviremos allí —dijo Adam sonriendo.

—¿Lo dices en serio? —preguntó Cara entornando los ojos.

Adam se encogió de hombros.

—Quiero estar contigo, ya sea en mi nueva casa con piscinas, habitaciones para invitados, mesa de billar y sus jardines o en tu apartamento, al que acudirá Gracie cada mañana para informarnos de los últimos cotilleos —dijo Adam.

Cara se mordió el labio y él supo que la había convencido.

—Está bien. Viviremos en tu casa.

—Aunque tenga que llevarte en brazos hasta allí.

Cara rió con ganas.

Un mes más tarde, Cara reunió a sus amigos en su apartamento. Kelly y Simon llevaron unas cuantas botellas de zumo de manzana. Chris y su prometida Maggie también fueron. Gracie llegó tarde con una enorme caja de bombones que un habitual del casino le había regalado.

Habían dispuesto la televisión en medio del salón y habían traído unas butacas del apartamento de Gracie para que pudieran sentarse todos alrededor.

Adam y Cara estaban en la cocina preparando palomitas.

—También sabes cocinar, ¿eh? —le dijo Cara al oído—. Estoy impresionada.

—Lo aprendí de la tercera esposa de mi padre.

—¿Ves como siempre se puede sacar algún beneficio?

Adam la tomó por la cintura y le dio un beso en la nariz.

—Siempre tan optimista. Eres demasiado buena para mí.

—Soy perfecta.

—Venga chicos, ya empieza —los avisó Kelly desde el salón.

Cara tomó un gran bol de palomitas y regresó con los demás.

—Sube el volumen —pidió alguien y Gracie lo hizo.

Estaban viendo el primer episodio de *El soltero millonario.*

—Mira, ahí esta Maggie —dijo Chris, dándole un beso en los labios.

Cara suspiró al verlos. Estaban hechos el uno para el otro.

Simon y Kelly estaban cómodamente sentados en el sofá. Él acariciaba dulcemente su vientre mientras ella descansaba la cabeza sobre su hombro.

Cara buscó con la mirada a Adam. Estaba apoyado en el mostrador de la cocina con los brazos cruzados sobre el pecho y tenía una sonrisa en los labios mientras miraba a los demás. Al sentir su mirada sobre él, le hizo una señal para que se acercara hasta él y ella inmediatamente se levantó. Fue hasta él y lo abrazó, sintiéndose protegida entre sus brazos. Después de unos segundos disfrutando de su aroma, los gritos de sus amigos la devolvieron a la realidad.

—Venga chicos, tenéis que ver esto.

Abrazados, regresaron al sofá. Simon y Kelly se movieron para dejarles sitio.

—Vamos a hacer apuestas —propuso Gracie en el primer intermedio publicitario, durante el cual aparecieron los primeros anuncios de la nueva campaña de *Revolution Wireless*—. ¿A quién creéis que va a elegir el soltero? ¿Creéis que durarán mucho tiempo juntos? —dijo. Apenas acabó de hablar, un puñado de palomitas voló en su dirección y tuvo que protegerse el rostro con los brazos—. No es justo. Soy la única que no tiene pareja y trato de llevarlo lo mejor posible. Creo que merezco un poco de respeto —añadió bromeando.

—¿Dónde está Dean? —preguntó Kelly—. Creo que le caíste muy bien.

—Yo esperaba verlo aquí —dijo Chris.

—Está trabajando —dijo Adam—. Como siempre.

Gracie se encogió de hombros.

—¿Veis lo que os digo? A mí me gusta divertirme y a él trabajar. No puede funcionar. Parece que no os queda más remedio que cargar conmigo.

Cara sonrió, disfrutando de aquel momento. Todos sus amigos estaban juntos y felices. Y el hombre al que amaba la estrechaba fuertemente entre sus brazos. Era feliz teniendo a alguien con quien compartir su vida y no tener que tomar decisiones ella sola nunca más.

Cara levantó su copa.

—Quiero hacer un brindis —dijo y todos tomaron sus copas—. Por Cary Grant.

—Por Cary Grant —repitieron los demás, antes de dar un sorbo del zumo de manzana que bebían.

Volvió a recostar la cabeza sobre el hombro de Adam y él la besó dulcemente en la nariz.

—Acaban los anuncios —dijo Chris, con el rostro iluminado al verse en la pantalla de la televisión.

Todos volvieron a colocarse en sus sitios, menos Cara que se puso de pie y le hizo una señal a Adam para que la siguiera.

—¿Qué pasa? —le preguntó—. Nos lo vamos a perder.

Ella lo tomó de la mano y salieron al pasillo.

—¿Acaso no recuerdas que estuvimos allí, tonto? Si quieres puedo contarte el final.

Él la rodeó por la cintura.

—¿Cómo que tonto? ¿Es ésa manera de hablar al hombre que quieres?

—¿Quién dice que eres el hombre al que quiero?

—Lo digo yo. Y si sigues negándolo, voy a tener que torturarte.

Cara miró sus intensos ojos azules y sonrió. Se puso de puntillas y se fundieron en un largo y apasionado beso, muestra de los muchos que estaban por llegar.

Un par de vecinos pasaron a su lado en dirección al ascensor. Cara y Adam continuaron donde estaban, besándose.

Mientras permanecieran juntos, nada sería imposible.